btb
Aus Freude am Lesen

btb

Buch

Zwölf Geschichten erzählt Burkhard Spinnen in »Dicker Mann im Meer«. Lauter Geschichten von der vermeintlichen Normalität unseres Alltags, den Spinnen in lakonischem Stil klug und analytisch seziert und so dem Leser den Spiegel vorhält. Die *Süddeutsche Zeitung* urteilte: »Ein bemerkenswertes Prosadebut. Burkhard Spinnen führt in seinen sprachlich geschliffenen, der Story vertrauenden Erzählungen scheinbar an der Oberfläche durch die Abgründe des Seelenlebens. Wer so behend erzählt, dessen Geschichten sind sorgfältig erschrieben.« Treffsicher lotet der Autor etwa in »Wahlnacht« die Tiefen und Untiefen der Politikerseele aus oder zeigt in der Titelgeschichte gnadenlos auf, wie unter der wärmenden Urlaubssonne Gefühlskälte und Angst die Oberhand behalten.

Autor

Burkhard Spinnen, geboren 1956 in Mönchengladbach, lebt in Münster. 1991 erschien sein Geschichtenband »Dicker Mann im Meer«, für den er mit dem Aspekte-Literaturpreis ausgezeichnet wurde. Es folgten »Kalte Ente«, der Roman »Langer Samstag« und »Trost und Reserve«.

Burkhard Spinnen bei btb

Langer Samstag. Roman (72066)

Burkhard Spinnen

Dicker Mann im Meer

Geschichten

btb

Umwelthinweis:
Alle bedruckten Materialien dieses Taschenbuches
sind chlorfrei und umweltschonend.

btb Taschenbücher erscheinen im Goldmann Verlag,
einem Unternehmen der Verlagsgruppe Bertelsmann.

1. Auflage
Genehmigte Taschenbuchausgabe März 1999

Umschlaggestaltung: Design Team München
Umschlagfoto: G+J/Photonica
Satz: IBV Satz- und Datentechnik GmbH, Berlin
KR · Herstellung: Augustin Wiesbeck
Made in Germany
ISBN 3-442-72207-1

FÜR BERNADETTE

INHALT

Dicker Mann im Meer

Kläsner trug eine schwarzweiße Badehose mit geometrischem Muster. Ihr breites Gummiband umspannte seinen Bauch an der Stelle, da er am umfangreichsten war und unterhalb derer er sich beinahe über die Scham wölbte.

Kläsner stand bis zu den Knien im Meer. Das Wasser war angenehm, er spürte, wie es die Wärme zurückstrahlte. Er schwitzte, aber von unten kühlte ihn das Wasser. Er tastete mit dem Fuß, dann machte er ein paar Schritte weg vom Ufer; schön war es, wenn die Füße in den weichen Meeresboden sanken. Bald reichte das Wasser bis zu den Säumen der Badehose. Kam eine Welle, so schwappte sie über den Nabel. Kläsner sah sich um. Wie weit der Strand schon entfernt war, sicher eine optische Täuschung. Seine Frau rieb gerade ihre Arme mit Sonnenöl ein und sprach mit den Zimmernachbarn aus dem Hotel, einem Paar aus Bielefeld. Oder aus Braunschweig, Kläsner hatte es vergessen. Man traf sich morgens auf dem Flur; beim Mittagstisch spätestens sah man sich wieder, aber meistens lag man schon den Vormittag zusammen am Strand. Die Bielefelder spielten leidenschaftlich Canasta, und immer bestanden sie darauf, eine Mannschaft zu sein.

Kläsner sah wieder zum Horizont, dort ging das dunkle Blau des Meeres in ein silbriges Flimmern über, darüber war der weißliche Himmel. Manchmal fuhren große Schiffe von links nach rechts. Es ist eine Schiffahrtsstraße, hatte Kläsner gedacht. Schiffahrtsstraßen sind geschwungene Linien auf den Seekarten. Auf ihnen herrscht viel Betrieb, ein paar tausend Meter abseits könnte einer tagelang im Wasser treiben. Niemand würde ihn sichten.

Kläsner ging ein paar Schritte weiter. Hier konnte er noch bequem stehen. Er kreuzte die Arme über der Brust, damit seine Hände trocken blieben. Das war wichtig, denn wenn er sich mit Meerwasser den Schweiß von der Stirn wischte, würde er Ausschlag bekommen.

Die Wellen waren jetzt eher zu spüren. Die größeren hoben Kläsner ein wenig an und setzten ihn dann sachte auf den Meeresboden. Als er sich noch einmal umdrehte, winkte seine Frau. Die Bielefelder riefen etwas herüber. Als ob er das noch verstehen könnte! Er winkte zurück. Dann kehrte er dem Strand wieder den Rücken zu. Das ist der letzte Tag, dachte er. Ein schöner Urlaub ist das gewesen. Gegen's Hotel nichts einzuwenden. Freundliches Personal, gutes Essen, die Zimmer klein, aber ruhig. Und natürlich der schöne Strand. Es war kein Fehler gewesen, hierhin zu fahren.

Für Kläsner war es der erste Urlaub ohne die Kinder. Im letzten Jahr war der Jüngste noch mitgefahren, das Nesthäkchen, eigentlich ein Stubenhocker, aber ein aufgeweckter Junge, das sagten alle. Ihm zuliebe war Kläsner in Museen gegangen, obwohl das viele Stehen ihm nicht behagte und die Luft dort schlecht war. Er hatte sich Bilder und Steine erklären lassen. Schön war es, wenn der Kleine erzählte, was er sich zusammengelesen hatte. Jetzt war er in England, mit einer Gruppe. Man mußte sich keine Sorgen machen.

Aus einer Welle tauchte ein Schwimmer auf. »Spitze, das Wasser heute«, sagte der Schwimmer. Obwohl er hätte stehen können, machte er weiter Schwimmbewegungen. Er trug eine Badekappe und eine kleine Schwimmbrille.

»Ohne Zweifel«, sagte Kläsner. »Es ist über Nacht noch wärmer geworden. Vielleicht sind es auch Strömungen.«

»Bestimmt«, sagte der Schwimmer. »Ich tippe auf Strömungen. Wenn man weiter hinausschwimmt, merkt man sie ganz deutlich. Da muß man ganz schön gegenanschwimmen.«

»Geben Sie auf sich acht«, sagte Kläsner.

Der Schwimmer hob grüßend die Hand an die Badekappe, und mit einer Tauchbewegung verschwand er im Meer.

Etwa zweihundert Meter voraus lag die hölzerne Plattform mit dem Sprungturm darauf im Meeresboden verankert. Kläsner überlegte, ob er hinschwimmen sollte. Er war den ganzen Urlaub über noch nicht da gewesen, dabei schwamm er nicht schlecht. Auf der Plattform trafen sich abends die jungen Leute aus den Hotels. Einmal hatten sie sogar eine Party dort veranstaltet. Sie hatten ihre Kleider, die Getränke, Lampions und ein Radio in wasserdichten Taschen verstaut, und damit waren sie hinausgeschwommen. Dann hatten sie sich wieder angezogen, hatten die Lampions an den Sprungturm gehängt und das Radio eingeschaltet. Kläsner hatte es zuerst vom Strand, später vom Balkon des Hotelzimmers beobachtet. Bis in die Nacht hatten sie getanzt, dann waren sie zurückgeschwommen.

Jetzt spürte Kläsner etwas an seiner Wade. Er schaute hinunter. Es war ein ziemlich großer Fisch, der ihn zu beriechen schien. Sonst sah man eigentlich keine Fische hier. Kläsner versuchte, sehr still zu halten. Sollte er den Fisch fangen? Nein, das war unmöglich. Ob es giftige Fische gibt, fragte er sich. Daß man immer gleich an das Schlimmste denkt. Plötzlich war der Fisch verschwunden.

Ich schwimme doch zu der Plattform, dachte Kläsner. Den Kopf halte ich einfach über Wasser. Er ließ den Oberkörper nach vorne gleiten, drückte sich mit den Füßen ab und machte langsame, gleichmäßige Schwimmzüge. Rasch kam die Plattform näher. Fast hatte er sie erreicht, da sah er, wie ein junger Mann und ein junges Mädchen lachend aus dem Wasser auftauchten und sich mit einem Schwung auf die Holzbretter zogen. Kläsner schwamm an der Plattform vorbei, er fühlte die sanfte Strömung, die ihn vom Land wegzog.

Bald war er so weit hinausgeschwommen, daß er um die Landzunge herum in die nächste Bucht sehen konnte. Sie waren mehrmals dort gewesen, in einem Restaurant, das die Bielefelder empfohlen hatten. Der Strand in der Nachbarbucht war immer voller junger Leute, die Ballspiele machten und unablässig riefen und lachten. In ihrer eigenen Bucht war es ruhiger, wesentlich ruhiger. Aber nicht zu ruhig, gerade richtig.

Ohne Ankündigung kam der Schmerz. Kläsner fühlte plötzlich ein Ziehen im linken Arm. Erst dachte er, das Rheuma in der Schulter melde sich wieder, dann war seine ganze Brust voller dumpfer, zehrender Angst. Seine Kiefer preßten sich aufeinander, alle Kraft brauchte er für den nächsten Atemzug. An Schwimmen war nicht mehr zu denken. Kläsner ließ es sein, obwohl er wußte, daß er dann untergehen würde. Da war nichts mehr zu entscheiden. Er sackte ab. Und stand, Kopf und Schultern über Wasser. Kläsner stand auf einem Fels, einer Untiefe.

Nach und nach erholte er sich. Die Arme hatte er auf das Wasser gelegt, den Kopf in den Nacken, so bekam er besser Luft. Nach fünf Minuten war kaum noch etwas zu spüren. Kläsner hatte festen Stand. Die Dünung wiegte ihn sanft, nur schwere Wellen hätten ihn herunterstoßen können, und es war ein ruhiger Tag mit gleichmäßigem, leichtem Wind.

Kläsner wandte sich vorsichtig um, den Strand konnte er nicht sehen, die hölzerne Plattform mit dem Sprungturm nahm ihm die Sicht. Und die jungen Leute waren wieder verschwunden. Es ist nicht gesagt, daß ich einen zweiten Anfall bekomme, wenn ich jetzt langsam zurückschwimme, dachte er. Er ruderte einmal mit den Armen, dann ließ er es wieder. Die Angst war zu groß. Bis zu der Plattform waren es vielleicht hundert Meter. Aber dort hätte er sich einen halben Meter hinaufziehen müssen, eine Leiter ins Wasser gab es nicht. Dafür bin ich zu schwer, dachte Kläsner. Er drehte sich um. Da war nur das offene Meer, was sonst.

Kläsner dachte an den Tod. Für seine Frau müßte es schrecklich sein. Wahrscheinlich würde man ihr verbieten, seine Leiche mit nach Hause zu nehmen, oder es wäre einfach zu teuer. Dann würde er also hier begraben werden. Vorausgesetzt, sie fänden seinen Körper. Vielleicht würde er ja hinausgetrieben. Dann müßte seine Frau wochenlang warten, bis man ihn für tot erklärte. Wo sollte sie in der Zeit wohnen? Doch nicht in einem Ferienhotel, das war unmöglich.

Dabei war er selbst schuld. Kläsner fuhr unter Wasser vorsichtig über seinen Bauch. Er war natürlich zu dick. Und er trieb keinen Sport, er trank Bier, er rauchte. Und ließ die Dinge treiben.

Kläsner erschrak. Er hatte nicht vorgehabt, sein Leben an sich vorbeiziehen zu lassen. So sagte man doch? Das war ihm immer fremd gewesen. Es geht schon irgendwie weiter, das war seine Devise. Gerade jetzt zog draußen wieder ein Schiff vorbei. Kläsner sah ihm nach; abseits der Schiffahrtslinien. Sollte er laut rufen? Vielleicht würde dann ein Bademeister herausrudern und ihn in ein Boot ziehen. Welch eine Peinlichkeit. Und solange er sich nicht bewegte, war die Angst nicht da.

Nicht weit von der Stelle, an der Kläsner auf einem Felsen im Meer stand, war ein Streit ausgebrochen. »Es ist immer dasselbe mit dir«, hatte er gesagt, und darauf hatte sie die Hotelzimmertüre hinter sich ins Schloß geworfen. Er saß dann auf der Bettkante und dachte nach. Man kann kaputte Beziehungen nicht im Urlaub reparieren. Das hätte er vorher wissen können. Aber was weiß man schon vorher? Bei der Vorstellung, daß sie übermorgen wieder gemeinsam im Büro sitzen mußten, schüttelte es ihn. Und die Kollegen würden fragen, wie es war. Er schwor sich, nie wieder etwas mit einer Kollegin anzufangen.

Wolfgang stand auf und ging hinunter zum Strand. Karin war nirgends zu sehen. Er beobachtete den Bademeister, einen braungebrannten Italiener. Karin schwärmte nicht für solche Typen. Nein, Karin war eigentlich ein patenter Kerl. Daran hatte es nicht gelegen.

Der Bademeister schlenderte heran. »Letzter Tag?« sagte er. Wolfgang nickte. Wo denn die Signorina Karina sei? Wolfgang zuckte mit den Schultern. »Ist noch ein Brett da?« fragte er.

»Si, claro!« sagte der Bademeister und lief davon. Auch über das Windsurfen hatte es nie Streit gegeben, obwohl er oft stundenlang auf dem Wasser gewesen war und Karin allein am Strand gesessen hatte. Er solle nur vorsichtig sein, hatte sie gesagt.

Wolfgang stieg jetzt auf das Surfbrett, zog das Segel hoch und hielt es gegen den schwachen Wind. Nach ein paar Pendelbewegungen nahm das Brett Fahrt auf. Es ging langsam voran, zuerst am Ufer entlang. Als er schnell genug war, drehte Wolfgang durch den Wind, im rechten Winkel weg vom Ufer, hinaus aufs Meer. Wenn er eine Welle schnitt, glitt es kühl über seine Füße. Schön war es, so auf dem Wasser zu schweben, es war anders als Schwimmen und anders als das Fahren in einem Boot. Wolfgang war ein guter Windsurfer, aber er wollte keinen Sport daraus machen.

Nach kurzer Fahrt konnte er um die Landzunge herum in die Nachbarbucht sehen. Auf der hölzernen Plattform, die vor dem Ufer im Wasser schwamm, hatten sie zu Beginn des Urlaubs mit anderen Hotelgästen ein Fest gefeiert. Hin und zurück waren sie geschwommen, es war wie ein Abenteuer. Spät in der Nacht hatte er zu Karin gesagt, daß sie noch einmal ganz von vorne anfangen sollten. Karin war ein bißchen betrunken gewesen. Wolfgang beschloß, zu der Plattform zu fahren.

Kläsner wurde es kühl um die Schultern, nicht kalt, unangenehm kalt, nur eben kühl. Es war fast eine Erfrischung. Etwa in der Mitte des Urlaubs hatten sie ein Aquarium besucht, in dem es unerträglich heiß gewesen war. Eigentlich lächerlich, am Meer zu sein und in ein Aquarium zu gehen. Aber die Bielefelder hatten hingewollt, man mußte sogar ein Taxi nehmen. In den halbdunklen Räumen des Aquariums hatte Kläsner vor den grün und blau schimmernden Fenstern der Bassins gestanden und furchtbar schwitzen müssen.

Der Bielefelder hatte ihm die Fische erklärt; war er nicht Biologielehrer? In eines der Becken hinein hing ein Metallstab. Wenn der Zitterrochen ihn berührte, leuchtete das Schild mit dem Namen des Tieres auf. Es gab auch ein Jux-Bassin. Vor der Scheibe hingen geschliffene Linsen. Schwamm ein Fisch vorbei, wurde er lächerlich vergrößert.

In der Tiefsee-Abteilung war es fast völlig dunkel, einige der Fische leuchteten phosphoreszierend. Der Bielefelder erkundigte sich bei einem der Wärter nach dem Kofferfisch, aber der Wärter verstand kein Deutsch. Der Bielefelder tat, als trüge er einen Koffer, dann machte er Schwimmbewegungen. Es half nichts. Danach waren sie in ein Fisch-Restaurant in der Nähe gegangen. Kläsner hatte Witze gemacht: Ob man die Fische esse, die das Aquarium übrig habe.

Jetzt sah er sich wieder um. War vielleicht die Plattform weiter abgetrieben? Nein, unmöglich, man sah die schweren

Ketten, mit denen sie im Meeresboden verankert war. Kläsner überlegte, ob er nicht doch hinschwimmen sollte. Er bewegte wieder die Arme und zog die Beine an; es ging nicht, die Angst kam gleich zurück. Er blieb, wo er war.

Als Wolfgang die Landzunge umrundet hatte, steckte er den Kurs zu der Plattform ab. Der Wind schien leicht aufgefrischt zu haben, und da er genau aus Richtung der Plattform kam, konnte Wolfgang nicht direkt auf sie zufahren. Also hielt er auf einen Punkt etwa zweihundert Meter seewärts. Er würde an der Plattform vorbeiziehen und sie nach der nächsten Wende direkt ansteuern. Solch navigatorische Überlegungen gefielen ihm. In einem Segelboot waren sie viel wichtiger, doch da sprachen alle darüber. Wolfgang mochte das nicht, er nannte es fachsimpeln.

Nach der Wende, unterwegs zu der Plattform, fiel ihm ein, daß sie noch packen mußten. Das hatte Karin übernommen. Er konnte nicht packen, er haßte Koffer. Es wäre schrecklich, wenn Karin sich weigern würde, seinen Koffer zu packen, doch damit war zu rechnen. Plötzlich sah Wolfgang einen dicken Mann, der bis zur Brust im Meer zu stehen schien und ihn heranwinkte. Er änderte leicht seinen Kurs und ließ einige Meter vor dem Mann das Segel aufs Wasser klatschen. Dann setzte er sich rittlings auf das Brett und ruderte mit den Händen heran.

»Was ist los?« sagte er.

»Ich bin in einer mißlichen Situation«, sagte Kläsner. »Ich hatte eben so etwas wie einen Herzanfall, und jetzt kann ich nicht zurückschwimmen.«

»Ach so! Worauf stehen Sie eigentlich?«

»Ich weiß nicht. Es spielt keine Rolle. Eine Sandbank vielleicht, ein Felsen. Meine Rettung jedenfalls, wenn Sie so wollen.«

Wolfgang überlegte kurz. »Soll ich nicht die Wasserwache oder so was Ähnliches holen? Die könnten Sie an Land bringen.«

Eine größere Welle war vorbeigekommen. Kläsner ruderte ein wenig mit den Armen. Dann stand er wieder sicher. »Im Prinzip keine schlechte Idee«, sagte er. »Aber ich habe ein wenig Angst vor dem Aufwand. Es wäre sehr schön, wenn niemand etwas davon erfahren würde. Verstehen Sie?«

»Nein«, sagte Wolfgang. »Was kann man denn sonst tun?«

»Sehen Sie«, sagte Kläsner, »ich dachte, ich hänge mich einfach an Ihr Surfbrett, und Sie ziehen oder paddeln mich an Land. Ganz unauffällig quasi. Wir könnten so tun, als würden wir uns unterhalten.«

»Uns unterhalten? Worüber?«

»Über den Urlaub. Es gibt genug Themen. Wohnen Sie auch in dieser Bucht?«

»Nein«, sagte Wolfgang. »Aber ich war schon einmal hier, auf der Plattform, nachts, zu einer Party.«

»Sehen Sie«, sagte Kläsner, »dann kennen wir uns ja beinahe. Ich habe Sie beobachtet in dieser Nacht, vom Hotel aus.« Er zeigte über die Plattform hinweg. »Da. Man kann es jetzt nicht sehen.«

»Also gut«, sagte Wolfgang. »Ich werde den Mast abmontieren. Dann geht es leichter.« Er kniete auf dem Brett und löste die Befestigungen.

»Wird das Segel nicht abtreiben?« fragte Kläsner.

»Nicht weit, ich hole es später.« Wolfgang paddelte noch näher heran, bis das Heck des Brettes vor Kläsners Brust war. »Jetzt«, sagte er. »Greifen Sie mit beiden Händen zu, und versuchen Sie, sich hochzuziehen.«

Kläsner wollte schon zugreifen. »Moment noch«, rief Wolfgang. »Ich setze mich ganz nach vorn, zum Ausgleich.«

Kläsner fühlte die glatte Oberfläche des Brettes unter seiner

Brust. Kein unangenehmes Gefühl, aber sofort war die Angst wieder da.

»Alles klar?« rief Wolfgang. »Dann los!« Sie setzten sich in Bewegung. Spritzer trafen Kläsner am Kopf. Ich werde es nicht aushalten, dachte er.

»Alles klar?« hörte er von vorne. Er versuchte, den Kopf zu heben. »Nein«, sagte er, »bitte zur Plattform.«

Bis dahin war es noch weit. Wolfgang paddelte kräftiger. Wenn ich mit den Beinen Schwimmbewegungen mache, geht es vielleicht schneller, dachte Kläsner, doch er wagte es nicht.

Sie legten an der Meerseite der Plattform an. Kläsner bekam mit der rechten Hand einen der Balken zu fassen und ließ sich ins Wasser gleiten. Er atmete schwer. Wolfgang rutschte vom Brett und schwamm zu ihm. »Was ist los?« sagte er.

Den Rücken zur Plattform, legte Kläsner den zweiten Arm um einen anderen Balken, nahm den Kopf in den Nacken und streckte die Beine nach vorn. Er trieb leicht auf dem Wasser. »So ist es besser«, sagte er. »Es drückte so auf der Brust, wissen Sie.«

»Ich hole lieber einen Arzt«, sagte Wolfgang.

»Nein, bitte!« sagte Kläsner. »Bleiben Sie noch hier. Es muß ja bald vorbei sein. Lassen Sie uns von etwas anderem reden. Wie war Ihr Urlaub?«

Wolfgang setzte sich wieder auf das Brett. Das Segel konnte er noch sehen. Es glitzerte im Wasser, wenn die Sonne darauf schien. »Nicht so besonders«, sagte er.

»Ach«, sagte Kläsner. »Darf man fragen, warum?«

»Wir hatten Krach, meine Freundin und ich.«

»Das geht vorbei«, sagte Kläsner.

»Ich glaube, es ist endgültig«, sagte Wolfgang. »Es geht nicht mit uns. Vielleicht passen wir einfach nicht zusammen. Ich kann nicht sagen, woran es liegt.«

»Das tut mir leid«, sagte Kläsner.

»Vielleicht besser so.« Wolfgang mußte wieder paddeln, da das Brett abtrieb. Der Wind wurde noch frischer. »Sehen Sie«, sagte er, »wir haben uns im Büro kennengelernt. Wir waren irgendwie schon aneinander gewöhnt. Es war nie so richtig spannend.«

»Das Spannende verliert sich immer«, sagte Kläsner, »glauben Sie einem alten Ehemann.«

»Aber am Anfang muß es dasein. Man muß etwas haben, an das man sich erinnern kann.«

»Wie Sie reden«, sagte Kläsner tadelnd. »Sie sind doch noch ein junger Mann. Was soll ich da erst sagen?«

»Ich habe es vielleicht falsch formuliert«, sagte Wolfgang. »Jedenfalls fehlt so das Eigentliche. Ich kann es nicht besser ausdrücken.«

»Ja, wenn das so ist.« Kläsner schaute zum Horizont. »Sehen Sie«, sagte er, »wieder so ein Dampfer. Wo die wohl herkommen? Und wo die hinfahren?«

»Geht es Ihnen besser?«

»Schon, ja. Wissen Sie, wir machen es anders. Ich versuche, mich rücklings auf das Brett zu legen, wegen des Drucks auf der Brust.«

»Wird denn das gehen?«

»Sicher, Sie werden sehen. Das klappt bestimmt.«

Kläsner stieß sich langsam von der Plattform ab und griff nach dem Brett. Vorsichtig drehte er sich herum, bis das Heck in seinem Nacken lag, und griff mit den Armen soweit wie möglich hinter sich. »Jetzt«, rief er und versuchte, sich hochzuziehen. Er rutschte ab und sank in die Tiefe. Wolfgang tauchte ihm nach und zog ihn am Arm wieder herauf.

»Sie sind wahnsinnig«, sagte er, als er Kläsner zu der Plattform bugsiert hatte. »So geht das einfach nicht. Ich hole jetzt Hilfe.«

»Bitte bleiben Sie«, sagte Kläsner.

»Aber so kommen wir hier nie mehr weg. Es wird dunkel werden. Wir frieren uns tot. Oder es gibt Sturm. Am Ende wird man nach uns suchen. Ich rufe um Hilfe.« Er schwang sich mit einer kräftigen Bewegung auf die Plattform.

»Nein«, rief Kläsner ihm aus dem Wasser zu. »Wir können das alles in Grenzen halten. Ein wenig Geduld noch, bitte, und wir kriegen es so hin, daß kein Wort zuviel davon gemacht werden muß.«

Wolfgang beugte sich zu Kläsner hinunter. »Was wollen Sie eigentlich? Was sind Sie eigentlich für einer, he? Stehen hier im Wasser wie ein dicker Leuchtturm und markieren den Empfindlichen. Was reden Sie überhaupt?«

»Bitte, regen Sie sich nicht auf«, sagte Kläsner. Da plötzlich erfaßte ihn ein wohliges Gefühl, die Spannung wich aus seinem Körper. Er machte ein paar Schwimmzüge. Keine Frage, es ging wieder. Die Angst war verschwunden.

»Sehen Sie«, sagte er, »ich habe recht gehabt. Jetzt ist es vorbei. Ich schwimme gleich zurück. Sehen Sie, wie gut es war, kein Aufhebens zu machen. Haben Sie vielen Dank für Ihre Hilfe.« Damit hielt er schon auf den Strand zu.

Wolfgang schüttelte den Kopf und sah ihm nach. Da schwamm dieser dicke Mann, der im Meer gestanden hatte. Menschen gab es! Wolfgang blieb noch lange auf der Plattform sitzen und dachte nach. Er würde Karin erzählen wollen, was ihm da geschehen war. Vielleicht kam man so wieder ins Gespräch, wenigstens für den Abend.

Plötzlich fiel ihm das Segel ein. Er machte einen Kopfsprung ins Wasser und schwamm in die Richtung, in der er es vermutete. Aber er fand es nicht. Er schwamm zurück zur Plattform und hielt Ausschau. Überall glitzerte das Meer, die Sonnenstrahlen brachen sich in jeder Welle. Man müßte ein Idiot sein, um nicht einzusehen, daß das Segel verloren war. Wolfgang glitt wieder ins Wasser, setzte sich auf das

Brett und paddelte zum Ufer. Als er dort ankam, saß Kläsner mit zwei Frauen und einem Mann um einen Klapptisch. Sie spielten Karten.

»Sie müssen mir das Segel bezahlen«, sagte Wolfgang.

»Ach«, sagte Kläsner. »Sagen Sie bloß, Sie haben es nicht wiederfinden können?«

»Was will der Mann von dir?« sagte eine der Frauen.

»Waren Sie etwa die ganze Zeit beim Surfen?« sagte der andere Mann und lachte. »Ein heimliches Hobby vielleicht?«

Kläsner winkte ab. »Wir haben uns da draußen getroffen. Wir haben lange geplaudert. Der junge Mann machte das Segel von seinem Brett los. Ich habe ihn noch gewarnt, aber er wollte nicht auf mich hören.«

»Sie gemeiner Lügner!« Wolfgang trat drohend vor Kläsner. Der versuchte, aus dem Klappstuhl aufzustehen, verlor dabei das Gleichgewicht und fiel hintenüber. Seine Arme ruderten nach vorne, und als Wolfgang sie griff, um ihn zu halten, zog der dicke Mann ihn mit sich. Kläsner schlug hart mit dem Rücken auf die Lehne des umgestürzten Stuhls. Für ein paar Sekunden lag Wolfgang auf seiner Brust, doch er rollte rasch zur Seite, und kniend half er Kläsner, sich von dem Stuhl freizumachen und sich flach auf den Sand zu legen. Kläsner atmete schwer und hielt sich die linke Seite.

»Schnell, holen Sie einen Arzt!« rief Wolfgang.

»Wieso?« sagte die Frau. Eine Gruppe von Strandgästen stand schon rings um den Liegenden.

»Schnell!« rief Wolfgang noch einmal, und als niemand Anstalten machte, sich zu bewegen, sprang er auf und lief so schnell er konnte in Richtung der Hotels.

Die Zeitmaschine

Der alte Mann am Kiosk schlug mit der flachen Hand auf das Zeitungsblatt.

»Unglaublich«, rief er, »der reine Nonsens!«

Dann las er, ohne aufzublicken, eine Passage aus der Zeitung: »Mit großer Sorge hat sich der Außenminister des Weststaatenbundes über die Entwicklung der Beziehungen zu den östlichen Nachbarn geäußert. Die, wie er sagte, zunehmende Frostigkeit in den Gesprächen und Verlautbarungen dürfe keinesfalls die Leitlinien kommender Politik bestimmen, sondern müsse als pure Stimmungsmache einflußreicher Minderheiten in beiden Lagern bewertet werden.« Der Mann faltete die Zeitung unsauber und geräuschvoll zusammen und drückte sie in einen Papierkorb.

Hellwich wollte Zigaretten kaufen. Er hatte warten müssen, weil der Kioskbesitzer seine Marke suchte. Jetzt sprach der alte Mann ihn an: »Aufgeregtheiten, nicht wahr? Und im Grunde wegen nichts und wieder nichts, oder?«

Hellwich nickte und wandte sich zum Gehen.

»Sie sind also meiner Meinung?« sagte der Mann und folgte ihm.

»Ja ja«, sagte Hellwich und sah den Mann genauer an. Er war alt, doch nichts an seiner Erscheinung wies darauf hin, daß er verrückt oder gefährlich sein könnte. Wahrscheinlich war ihm sterbenslangweilig, und er suchte jemanden zum Reden. Hellwich ließ es darauf ankommen. »Und um was, glauben Sie«, sagte er, seine Schritte verlangsamend, »sollte man sich statt dessen kümmern?«

Der Mann lachte ihn an. »Ich sehe, Sie verstehen, wovon Sie reden«, sagte er. »Sie lassen sich nicht durch dieses Geschwätz irremachen. Schön, wirklich schön, Ihnen begegnet zu sein. Darf ich Sie vielleicht auf einen Kaffee einladen? Hier, gleich um die Ecke.« Er ging voran in eine Seitenstraße, Hellwich folgte ihm und betrat hinter ihm ein kleines, helles Café mit Chromstühlen und Glastischen.

»Hübsch, nicht wahr?« sagte der Mann. »Und alles ganz sauber, darauf können Sie sich verlassen. Ich bin häufiger hier. Der Inhaber ist ein netter Mensch, sehr jung noch, aber sehr nett.«

Hellwich nannte sich leise einen Idioten. Mit Neugier war das nicht zu erklären. Nur mit Dummheit. Mit einer gewissen Reaktionsschwäche, die er nur zu gut kannte. Freilich gab es kein Zurück. Um Zeit zu sparen, nahm Hellwich sich vor, auf keinen Fall zu argumentieren.

Der Mann bestellte gleich Kaffee. »Nun«, sagte er und machte mit der rechten Hand eine ausladende Bewegung, »Ihre Frage ist natürlich nicht in einem Satz zu beantworten, aber glauben Sie mir, wenn man sich wie ich seit etlichen Jahren, was sage ich, Jahrzehnten, dieses ewiggleiche larmoyante Gewäsch der Leute anhören muß und dabei doch weiß, was sage ich weiß, wenn man als einziger beurteilen kann, wovon wirklich die Rede sein sollte – ich sage Ihnen, das ist bitter.«

Hellwich trank seinen Kaffee. Ein Weltbeglücker, dachte er. Einer, der die Lösung aller Probleme kennt und dem keiner zuhört. Der Erfinder des Perpetuum mobile. »Ach ja?« sagte er und zog die Stirn in Falten.

Der Mann sah ihn scharf an. »Sie halten mich für einen alten Spinner«, sagte er ruhig. Er lachte. Hellwich sah, daß er ein makelloses falsches Gebiß hatte. »Natürlich«, sagte der Mann, »ich bin ein Greis, der seit Jahr und Tag dasselbe unsagbar dumme und verdrehte Märchen erzählt und der schon nicht mehr weiß, was von seinem Gerede eigentlich stimmt und was er sich selbst hinzugelogen hat. Das denken Sie doch?«

Hellwich wollte etwas sagen, aber der Mann achtete nicht darauf. Er lehnte sich zurück. »Vielleicht haben Sie recht«, sagte er. »Vielleicht ist mein Erinnerungsvermögen nur eine besonders feine Geisteskrankheit – und die Wahrheit meiner Geschichte, gemessen an der Wahrheit der Weltgeschichte, eine freche Lüge.«

Hellwich wurde ein wenig unruhig. Er suchte nach einer passenden Frage. »Das müssen Sie mir genauer erklären«, sagte er vorsichtig.

»Gut«, antwortete der Mann, »aber seien Sie gewarnt. Sie werden nichts von alldem glauben. Sie werden denken, ich sei verrückt. Und was noch schlimmer ist, Sie werden kein Mittel finden, mir zu beweisen, daß ich unrecht habe. Alle Fakten sprechen für mich. Sie werden immer wieder denken müssen: Vielleicht hat er doch die Wahrheit gesagt. Ich verspreche Ihnen, das kann unangenehm werden.«

Hellwich nickte nur zur Antwort.

Der Alte begann. »Ich wurde neunzehnhundertvierundfünfzig hier in der Gegend geboren. – Nein! Sagen Sie nichts! Ich weiß, daß ich demnach heute noch ein halbes Kind sein müßte. Hören Sie nur zu! Also, es war eine ganz nette Zeit damals, ziemlich ruhig und friedlich, jedenfalls hier in Europa, und wir haben nicht schlecht gelebt. Natürlich kein Vergleich mit heute, aber passabel, sage ich Ihnen, passabel. Außerdem war es eben meine Jugend, und wer erinnert sich nicht gern an seine Jugend. Sehen Sie, der Krieg lag schon so lange zurück...«

Hellwich hob die Hand, aber der Mann unterbrach ihn. »Nein nein, nicht der Krieg, den Sie meinen, vierzehnachtzehn, ich meine den, der danach kam, das heißt natürlich, der dann nicht kam. Sie unterbrechen mich besser gar nicht! Sie verstehen alles nur, wenn Sie keine Fragen stellen und mich erzählen lassen. Es klärt sich dann am Ende alles von selbst.«

Hellwich machte eine Handbewegung, daß er verstanden habe. Noch einmal verfluchte er seine Schwäche.

»Also der Krieg war überstanden, und bis auf die üblichen Drohgebärden war alles ruhig. Jeder redete von nuklearen Katastrophen, dabei waren alle felsenfest davon überzeugt, daß nichts passieren würde.« Der Mann lächelte. »Es war eigentlich eine komische Zeit.«

Hellwich konnte nun doch nicht an sich halten. »Aber Sie reden von unserer Zeit!« rief er.

»Eben nicht«, sagte der Mann und trank seinen Kaffee aus. »Und Sie müssen mich, wie gesagt, ausreden lassen, um alles zu verstehen.«

Hellwich hob entschuldigend beide Hände.

»Sehen Sie«, fuhr der Mann fort, »ich hatte es mir damals ganz gemütlich eingerichtet. Meine Eltern waren nicht unvermögend, nach dem Abitur studierte ich Geschichte, nicht um einen bestimmten Beruf zu ergreifen, sondern um meine privaten Interessen zu begleiten. Und als sich dann meine Übernahme in ein Beamtenverhältnis als schwierig erwies und ich arbeitslos wurde, kam mir das gar nicht so ungelegen. Ich verbrachte einige Monate mit Reisen und Studien. Schließlich, mehr um meine Eltern zu beruhigen, bewarb ich mich auf eine Zeitungsanzeige, in der ein Historiker gesucht wurde. Ich erinnere mich an jede Einzelheit. Es war ein duftiger Morgen im Mai, wenn Sie so wollen, als ich mich in einer Privatwohnung am Rande der Stadt vorzustellen hatte. Außer mir schien niemand erwartet zu werden, eine Frau ließ mich ein, und ich verbrachte eine Viertelstunde in einem mit häßlichen neuen Möbeln vollgestellten Raum. Endlich bat mich ein Herr mittleren Alters in sein Arbeitszimmer. Ich hatte bereits vermutet, der Famulus eines Privatgelehrten zu werden, was mir, ich kann nicht sagen, warum, gar nicht unangenehm gewesen wäre, doch schon die ersten Fragen, die der Mann an mich richtete, zerstörten alle meine Vorstellungen und machten mich immer unwissender und neugieriger.«

Der Mann bestellte noch einen Kaffee und sah Hellwich fragend an. Der schüttelte nur den Kopf.

»Ob ich verheiratet sei, ob ich gerne große Reisen mache, wollte er wissen. Und ohne die Wahrheit zu achten, versuchte ich, gerade die Antworten zu geben, die er zu erhoffen schien. Doch als er dann fragte, ob ich glaube, die Weltgeschichte wiederhole sich in regelmäßigen Zyklen, und ob ich einmal gewünscht habe, meine Zeit zu verlassen, da konnte ich natürlich nur sagen, was mir gerade in den Sinn kam. Allein, ich schien es zu treffen. Jedenfalls wurde der Mann im Verlaufe des Gespräches immer zufriedener, manchmal lobte er mich sogar für meine Antworten. Schließlich, nach einem kurzen Schweigen, in dem er eine Entscheidung zu fällen schien, erkundigte er sich in indiskretester Weise nach meinem Gesundheitszustand. Und als ihn meine Antworten befriedigten, erhob er sich, streckte mir über den Schreibtisch hinweg seine Hand entgegen und redete dann mit einem Mal so drängend auf mich ein, daß ich kaum ein Wort verstand. Er begriff bald meine Verwirrung, schwieg plötzlich und zog mich am Arm aus dem Zimmer, durch einen Korridor und in einen Arbeitsraum, in dessen Mitte ein merkwürdiger, schlittenähnlicher Apparat stand. Und es fiel mir wie Schuppen von den Augen.«

Der Mann zwinkerte. »Na, wissen Sie schon, worauf es hinausläuft?« Hellwich schüttelte den Kopf.

»Kennen Sie denn nicht *Die Reise mit der Zeitmaschine* von H. G. Wells?«

»Ich glaube, ich habe eine Verfilmung gesehen«, sagte Hellwich und fing nun an zu begreifen.

»Ja ja, diese Verfilmung«, sagte der Mann, »habe ich natürlich auch gesehen. Und mehr als einmal. Miserabel. Ganz miserabel. Kein Vergleich mit der, die ich früher gesehen hatte und die dann nicht zustande gekommen ist. Wie so vieles, mein Lieber, wie so vieles! Aber immerhin wissen Sie jetzt Bescheid. Ich kann mir lange Erklärungen sparen. Es war tatsächlich so: Der Mann, der da vor mir stand, behauptete allen Ernstes, eine Zeitmaschine erfunden zu haben. Und ich glaubte ihm damals so wenig wie Sie mir jetzt. Eine Zeitmaschine! Himmelherrgott! Was für ein Unsinn! Dergleichen habe ich wohl auch gesagt. Und sicher noch einiges mehr. Doch der Mann war nicht einmal beleidigt. Er schien es erwartet zu haben. Er lächelte nur; wie heißt das in alten Romanen? Ja richtig, fein. Jawohl, er lächelte fein. Heute sollte ich sagen: besserwisserisch.«

Er machte eine Pause und bestellte für sich einen Cognac. Hellwich lehnte wieder ab. »Und was dann?« fragte er.

»Um es kurz zu machen«, sagte der Alte, »dieser Mann hatte wirklich eine Zeitmaschine erfunden. Wirklich und wahrhaftig. Ich bin der lebende Beweis. Und wohlgemerkt, der einzige Beweis. Die Sache lief ab wie ein Film. Ich wollte natürlich gleich fort, er hielt mich zurück. Ob ich nicht einmal einen Versuch machen wolle, wenigstens eine kleine Reise, zehn oder zwanzig Jahre vielleicht? Ich antwortete, das solle er doch selbst tun, wenn er so darauf brenne, sein Gerät in Gang zu setzen. Darauf hielt er mir einen umständlichen Vortrag darüber, warum er nicht selbst mit seiner Maschine reisen könne. Fragen Sie mich jetzt nicht danach, ich habe es sofort wieder vergessen. Und endlich saß ich also wirklich in diesem Kasten. Wissen Sie, ich war einfach wütend auf den Mann, ich wollte, daß er sich blamiert. Er war natürlich begeistert, er hantierte an einem Schaltbrett, kleine Lampen leuchteten auf, Zeiger schlugen aus, mir wurde schwindlig, etwas wie eine Alarmglocke schlug an, schließlich verlor ich das Bewußtsein. – Und jetzt bin ich hier. Das heißt, ich war hier. Genauer gesagt, nicht hier, nur an derselben Stelle. Exakt, ich wachte auf am dreizehnten August neunzehnhundertneunzehn, etwas außerhalb der Stadt, auf einem Feld, wo das Haus, in dem ich das Bewußtsein verloren hatte, später einmal stehen sollte.«

Hellwich bemühte sich, keine Miene zu verziehen.

»Natürlich glauben Sie mir kein Wort«, sagte der Mann. »Ich verstehe das, ich habe es selbst zuerst nicht geglaubt. Ich war sehr benommen, der Apparat war wohl einen Meter oder zwei hinuntergefallen, Sie verstehen, wegen des Unterschiedes der Ebenen. Es war wie in einem Alptraum. Das erste, was ich glaubte, als ich wieder leidlich klar denken konnte, war, daß der Mann mich hypnotisiert oder in einen Drogenrausch versetzt hatte. Aber Zeit verging, ich erholte mich, und der Alptraum wich nicht. Ich sah mich also um. Und es gab keinen Zweifel, ich befand mich in der Vergangenheit. Ich versteckte den Apparat notdürftig unter Ästen und Blättern und machte mich auf den Weg in die Stadt. Sie können es sich nicht vorstellen, die alte Stadt, völlig fremd, kaum Häuser, die ich wiedererkannte, nur die Kirchen und Plätze vertraut und manchmal der Verlauf der Straßen. Auch verstand ich anfangs kaum, was die Leute sprachen, dabei kannte ich jedes einzelne Wort. Und immer dieses Gefühl, so völlig, so absolut ausgeschlossen zu sein. Glauben Sie es oder glauben Sie es nicht, anfangs hielt ich mich sogar für unsichtbar. Mit

Absicht rempelte ich Leute an, um zu sehen, ob sie mich bemerkten. Sie taten es, aber sie kümmerten sich nicht um mich, trotz meiner fremden Kleidung und meines Aussehens.« Er hielt inne und sann nach.

Wenn er lügt, dachte Hellwich, und daran besteht kein Zweifel, dann lügt er gut.

»Erst nach Stunden«, fuhr der alte Mann fort, »setzte ich mich hin und dachte nach, was zu tun sei. Aber je länger ich meine Lage erwog, desto ohnmächtiger und verzweifelter fühlte ich mich und, schlimmer noch, desto ernsthafter fürchtete ich, verrückt zu werden. Schließlich suchte ich, nur um etwas zu tun, meine Wohnung. Es gab sie natürlich nicht, ich hätte es mir ausrechnen können. Wo das Haus gestanden hatte, das heißt natürlich, wo es einmal stehen sollte, war ein freier Platz, eine Wiese, auf der Kinder spielten. Dann suchte ich nach meinen Verwandten, nach meinen Vorfahren vielmehr, und ich fand das Haus meiner Urgroßeltern, die einen Kolonialwarenladen betrieben, genau so, wie ich es von alten Photos kannte. Aber was nutzte das? Ich konnte sie nicht ansprechen. Was hätte ich ihnen sagen sollen? Woher ich kam? Wer ich war? Bestenfalls hätten sie mich ausgelacht. Also ergab ich mich in mein Schicksal. – Sie kennen sich in Geschichte aus?«

Hellwich zuckte die Schultern. »Leidlich«, sagte er.

»Nun, dann stellen Sie sich die Zeit kurz nach dem Ersten Weltkrieg vor. Die Männer kamen aus der Armee zurück, krank, verkrüppelt, verbittert. Und zu Hause gab es keine Arbeit, kaum zu essen. Ich stand mit den Arbeitslosen vor Suppenküchen an, beim Roten Kreuz oder bei der Heilsarmee. Auf Lastwagen fuhr ich hinaus zu Erntearbeiten auf den Feldern. Nachts schlief ich in Männerheimen und oft im Freien, in Parks oder draußen vor der Stadt in Ställen und Scheunen. Haben Sie schon einmal in einer Scheune geschlafen?«

Hellwich schüttelte den Kopf.

»Nein? Tun Sie es einmal. Eines Nachts sah ich durch das aufgebrochene Scheunendach den gestirnten Himmel, so sagt man doch, nicht wahr? Und plötzlich fragte ich mich: Was tust du eigentlich hier? Man muß sich das vorstellen. Da lag ich im Stroh, ein armer, verdreckter Tagelöhner, einer von Tausenden, und wußte als einziger Mensch, wie die Weltgeschichte weitergehen wird. Ich war ja immerhin Historiker. Doch dabei sorgte ich mich nicht weiter als bis zur nächsten Mahlzeit und um nicht mehr als den täglichen Platz zum Schlafen. Es war grotesk! Also überlegte ich angestrengt, was zu tun sei. Und die Überlegung war kurz. Eigentlich war es gar keine Überlegung. Es war vielmehr ein Zwang. Ich traf keine Entscheidung, es war meine Bestimmung, der ich folgte. Nie gab es daran für mich einen Zweifel. Noch in derselben Nacht ging ich zurück in die Stadt, zum Bahnhof, und am nächsten Morgen fuhr ich, versteckt in einem Viehwaggon, mit einem Zug Richtung Süden. Ich hatte nur dieses eine Ziel. Nie habe ich daran gedacht, etwas anderes zu tun, das kann ich beschwören!«

»Und was haben Sie getan?«

»Ich habe Hitler ermordet.«

»Wen bitte?«

»Hitler.« Der Mann zuckte die Achseln. »Den kennen Sie natürlich nicht, woher auch, den kennen heute nur noch ein paar Fachleute. Ich habe dafür gesorgt, daß ihn keiner kennt, hier, mit diesen Händen.«

Er streckte seine Hände über den Tisch. Hellwich lehnte sich zurück. »Und wer war dieser Hitler?« sagte er.

»Ein Lump«, sagte der Mann. »Eigentlich nur ein kleiner Lump. Haben Sie einmal von der NSDAP gehört?«

»Ja, ich glaube. Eine radikale Splitterpartei in den zwanziger Jahren.«

»Splitterpartei?« Der Mann wiegte den Kopf. »Bei den Wahlen von achtundzwanzig hatten sie immerhin acht Prozent. Ich weiß noch, wie ich damals dachte, ich hätte alles umsonst gemacht. Aber es ging rasch mit ihnen zu Ende. Als der Wirtschaftsaufschwung kam, Anfang der dreißiger Jahre, da sind sie einfach verschwunden.«

»Und wer war dieser Hitler?«

»Ihr Parteivorsitzender. Das heißt, neunzehn war er es noch nicht, aber er wäre es geworden. Und er wäre dann Reichskanzler geworden, dreiunddreißig, und er hätte einen Krieg angefangen, neununddreißig, einen Krieg, wie ihn die Welt noch nicht gesehen hatte, vielmehr hätte, Millionen von Toten, Städte bis auf die Mauern zerstört, zerrissene Staaten, Heimatlose, Vertriebene und ein Elend für Jahre und Jahrzehnte. Das alles hätte er angerichtet, aber er ist nicht dazu gekommen.«

Der Mann ballte die Fäuste. »Oh, es war alles ganz leicht. Damals, neunzehn, war er Agitator bei einem Reichswehrclub. Er sprach vor Soldaten, die aus dem Osten kamen. Ein schmächtiger Kerl war er mit dunklen Ringen unter den Augen. Von Charisma keine Rede, es war lächerlich. Er wiederholte nur ein paar Phrasen, und er bewegte sich wie ein Kapellmeister. Ich sah ihn einmal, bevor ich es tat. Es war widerlich.«

»Wie taten Sie es?«

»Ich sagte Ihnen ja schon, es war ganz einfach. Bald darauf sprach er zum ersten Mal für die Partei. Er redete sich in Rage. Ich wartete auf ihn in der Toilette und erschlug ihn mit einer Eisenstange. Es war ganz leicht, verstehen Sie, er war ja kein Mensch für mich, vielleicht ein Schatten oder eine furchtbare Möglichkeit. Weiter war es nichts. Ich mußte mich kaum überwinden. Und er tat mir nicht leid, denken Sie das nicht!«

Der Mann bestellte noch einen Cognac.

»Nein«, sagte er mit Bestimmtheit. »Er tat mir nicht leid. Verwandte von mir sind im Krieg gestorben, zwei Onkel, andere haben ihre Häuser verloren, ihr Geld. Und erst die Juden.«

»Was ist mit den Juden?«

»Er hätte alle Juden verbrennen lassen.«

»Das gibt es doch nicht.«

»Das sagen Sie! Nur weil es zufällig nicht geschehen ist. Weil ich es verhindert habe.«

»Und was passierte dann?«

»Nichts«, sagte der Mann ärgerlich. »Nichts. Eine dumme Frage. Die Weltgeschichte ging ihren Gang. Lesen Sie die einschlägigen Bücher, falls Ihr Schulwissen Sie im Stich lassen sollte.« Er schlug mit der Hand auf den Tisch.

»Und was wurde aus Ihnen?« sagte Hellwich.

»Aus mir? Das sehen Sie ja!«

»Ich meine, haben Sie nie wieder in die Weltgeschichte eingegriffen, wenn man so sagen darf?«

»Ach nein«, sagte der Mann. »Sehen Sie, ich war beschäftigt, ich brauchte Papiere, eine Arbeit, eine neue Lebensgeschichte. Das alles hat Jahre gedauert. Und einfach war es nicht.«

»Und was wurde aus dem Erfinder der Zeitmaschine? Hat er nie versucht, Sie zurückzuholen?«

»Woher soll ich das wissen?« Der Mann winkte ab. »Ich glaube, der Apparat ist bei dem Sturz beschädigt worden. Später war er übrigens verschwunden. Wahrscheinlich haben Kinder ihn zum Schrotthändler gebracht, wegen des Edelmetalls.«

Hellwich dachte ein wenig nach. »Der Konstrukteur müßte doch heute, also ich meine hier, wieder leben.«

»Müßte!« rief der Mann höhnisch. »Müßte! Natürlich müßte er das! Aber er tut es nicht. Wie so viele andere. Sehen Sie, Millionen sind nicht gestorben, und Millionen sind nicht erst geboren worden. Warum das so ist, ich weiß es nicht. Jeder Fall liegt anders. Ich habe das in den Jahren verfolgt. Mein Vater zum Beispiel hat meine Mutter gar nicht geheiratet, woraus wiederum folgt ...«

»... daß Sie nicht geboren worden sind?«

»Ja. Und das war auch besser so. Es hätte mich nur zu Dummheiten verleitet. Oder möchten Sie sich selbst als Kind begegnen? Nein, vielen Dank dafür, das hatte schon seine Richtigkeit.«

»Und was taten Sie also? Ihre neue Lebensgeschichte?«

»Sie werden es nicht glauben. Ein gewisses Anfangskapital habe ich mit Wetten erworben.«

»Mit Wetten?«

»Ja, in den ersten Jahren verlief alles noch ungefähr so, wie ich es gelernt hatte. Und ich wettete auf alles, an das ich mich erinnerte, auf die Verleihung von Nobelpreisen, auf die erste Ozeanüberquerung, auf den Ausgang von großen Sportveranstaltungen, auf Wahlergebnisse, ja sogar auf Erdbebenausbrüche. Man findet Menschen, die bei so etwas mittun, glauben Sie mir. Nicht viele natürlich, aber ich setzte immer, wenn ich absolut sicher war, mein ganzes Vermögen, das war ein Anreiz. Als ich merkte, daß alles anders wurde, hörte ich natürlich damit auf. Ich eröffnete ein Geschäft für Rundfunkgeräte, das hatte ja Zukunft, da konnte man nichts falsch machen. Mein unternehmerisches Prinzip war: Immer das Neueste als erster haben und so schnell wie möglich. Da war einfach nichts falsch zu machen.« Der Mann lachte. »Ich bin heute sehr vermögend, müssen Sie wissen.«

»Und niemand glaubt Ihnen Ihre Geschichte«, sagte Hellwich.

»Sie haben recht«, sagte der alte Mann. »Aber es macht mir nichts aus. Wirklich nicht. Ich habe nie mit jemandem darüber geredet, den ich persönlich kannte oder der mir etwas bedeutete. Meine Familie weiß nichts davon.«

»Und warum dann ich? Warum erzählen Sie alles mir?«

»Schauen Sie auf den Kalender«, sagte der Mann lächelnd. »Heute ist der Jahrestag meiner Ankunft hier. Und jedes Jahr an diesem Tag erzähle ich die ganze Geschichte einem Wildfremden. Dieses Jahr sind Sie es. Das ist alles.«

»Und wenn nun doch einmal jemand Ihre Geschichte glaubt? Ich zum Beispiel?«

»Steht ganz in Ihrem Belieben. Und ist mir vollkommen gleichgültig. Man kann mir damit nicht schaden. Außerdem würde ich alles abstreiten! Ich bin ein sehr alter Mann.«

»Wollen Sie mir nicht noch ein wenig von der Zeit erzählen, aus der Sie gekommen sind?« bat Hellwich.

Der Mann runzelte die Stirn und sah ihn prüfend an. »Soll das heißen, daß Sie mir wirklich glauben? Machen Sie sich bitte nicht über mich lustig. Und wenn Sie sich von der Beschreibung ferner Welten bezaubern lassen wollen, dann lesen Sie die einschlägigen Werke. Lesen Sie Jules Verne oder dergleichen. Das ist nicht meine Aufgabe. Ich habe getan, was zu tun war, nicht mehr und nicht weniger.«

»Aber Ihre Reise verändert alles Denken über die Welt, unsere Vorstellungen von Raum und Zeit«, versuchte Hellwich den Mann zurückzuhalten. »Man kann gar nicht aufhören, alle Konsequenzen zu bedenken.«

Der alte Mann winkte der Bedienung. Dann sah er auf die Uhr. »Man kann sehr wohl«, sagte er, »das können Sie mir glauben.« Er legte einen Geldschein auf den Tisch und erhob sich. Hellwich wollte aufstehen, doch nicht ohne Kraft drückte der Mann ihn an der Schulter zurück.

»Bitte, tun Sie mir den Gefallen und bleiben Sie noch. Ich möchte nicht das Gefühl haben, daß Sie mir folgen. Danke. Und leben Sie wohl.« Damit verschwand er.

Hellwich blieb also. Dummheiten, dachte er, und immer lasse ich mich hineinziehen. Er bestellte einen Kaffee. Er hatte eine Verabredung versäumt und bis zur nächsten noch eine Menge Zeit.

Der Tiger

Schräder hakte einen Termin ab. Wenn er jetzt noch den Schadensfall an dem Zirkuszelt abschließen könnte, wäre sein Pensum für heute erledigt. Es war halb drei, ginge alles glatt, könnte er am Nachmittag noch etwas mit den Kindern unternehmen. Er fuhr aus der Stadt und hielt vor dem Gelände, auf dem der Zirkus sein Winterquartier aufgeschlagen hatte. Einen Mann, der welke Blätter zusammenkehrte, fragte er nach dem Wagen des Direktors Legrand.

»Da hinten, der rote«, sagte der Mann.

Schräder klopfte an die Wohnwagentür. Niemand öffnete.

»Dann ist er wahrscheinlich im Raubtierzelt«, sagte der Kehrer, »das größere blaue.«

Schräder ging zu dem Zelt, zog ein loses Stück Leinwand zur Seite und trat ein. Ein scharfer Geruch schlug ihm entgegen. Es war sehr warm und ziemlich dunkel. »Herr Direktor Legrand«, rief Schräder, noch bevor seine Augen sich an die Dunkelheit gewöhnt hatten.

»Ich bin hier«, antwortete es von der anderen Seite des Zeltes. »Sie sind von der Versicherung? Kommen Sie doch herüber.«

Da lag das Problem. Schräder, der jetzt alles deutlich erkennen konnte, stand starr, die Schulter an einen Pfosten gelehnt. Das Zelt war etwa dreißig Meter lang, an beiden Seiten standen Gitterkäfige auf hohen Rädern. Sie waren leer. Vom Zeltdach herab hingen an ihren Kabeln zwei Glühbirnen, und in der Mitte des Gangs zwischen den Käfigen lag, zur vollen Größe ausgestreckt, wunderbar gleichmäßig gestreift und herrlich braun, schwarz und weiß, ein riesiger Tiger.

»Was haben Sie denn? Warum kommen Sie nicht?« rief es wieder, und zwischen den Käfigen erschien ein großes Gesicht mit schwarzen Haaren und einem schmalen schwarzen Schnurrbart.

»Da«, sagte Schräder und zeigte mit der Rechten andeutungsweise nach vorne, während er mit der Linken seine Aktentasche vor die Brust drückte.

Direktor Legrand trat in den Boxengang. Er war groß und trug einen weißen, fleckigen Overall. Blutflecken, dachte Schräder. Der Direktor wischte sich die Hände an den Hosenbeinen ab und wies auf den Tiger. »Ach so, deswegen. Das ist Madonna.«

»Um Gottes willen«, flüsterte Schräder.

»Ach, Sie haben Angst vor ihr?« sagte Legrand, als müßte er das aussprechen, um es glauben zu können. »Keine Ursache«, fuhr er fort, während er sich auf den Tiger zu bewegte. »Die ist vollkommen harmlos. Das ist unsere Spielkatze. Nicht wahr, mein Mädchen?« Damit kniete er neben den Tiger und griff ihm mit beiden Händen ins Fell, grob, wie Schräder bemerkte, worauf das Tier sich auf den Rücken wälzte und den Direktor sanft mit der Pranke schlug. Dazu legte es den Kopf weit in den Nacken und schloß die Augen. Seine Lefzen klappten ein wenig hoch und entblößten wundervoll weiße, daumenlange Fangzähne.

»Ja, das gefällt dir, was«, sagte der Direktor, griff dem Tier an die Kehle und zauste das Fell. Dann schaute er den Versicherungsvertreter an. »Nun kommen Sie schon her!«

»Aber wo sie mich doch nicht kennt«, sagte Schräder ohne Stimme. »Ich meine, ich bin ja fremd hier.«

»Papperlapapp.« Der Direktor erhob sich. »Kommen Sie her! Madonna ist völlig harmlos. Seien Sie kein Feigling, Mann!«

Schräder machte einen Schritt nach vorne. Siebenunddreißig Jahre lang bin ich keine unnötigen Risiken eingegangen, sagte er sich, und jetzt lasse ich mich von einem Tiger zerfetzen, weil ein Zirkusdirektor mit gefärbten Haaren mich einen Feigling nennt. Dann machte er noch einen Schritt.

»Also was ist?« sagte der Direktor.

Schräder war nun ganz nah.

»Los, streicheln Sie sie!«

Schräder bückte sich. Er überlegte noch kurz, ob die Versicherung es als Unfall bei der Erfüllung dienstlicher Obliegenheiten einstufen würde. Dann nannte er sich einen Idioten und schob seine rechte Hand sehr langsam vor, während er mit der linken die Aktentasche umklammert hielt.

Das Fell fühlte sich rauher an, als Schräder es sich vorgestellt hatte. An der Oberfläche schien es ein wenig fettig zu sein, aber wenn er es gegen den Strich rieb, war es trocken, und von der Haut des Tieres stieg Wärme in die Hand.

»Fester«, sagte der Direktor und haute dem Tiger kräftig auf die Flanken, »sonst denkt sie noch, Sie hätten Angst.«

»Keineswegs«, sagte Schräder und griff in das Fell. Am Hals des Tieres war es scheinbar lose über Fleisch und Knochen gezogen. Er konnte es doppelt fassen wie eine Tuchfalte und es hin- und herbewegen. Schräder stellte die Aktentasche ab und nahm seine zweite Hand zu Hilfe. Der Tiger schnurrte wie eine Katze, und Schräder spürte die Vibration der Kehle unter seinen Händen. Dann plötzlich öffnete der Tiger die Augen, drehte den Kopf ein wenig schräg und sah Schräder durch eine geschlitzte, grüne Pupille eine Sekunde lang an. Dabei fauchte er leise durch die Zähne. Schräder fühlte sich zerfließen.

»Kommen wir zum Geschäftlichen«, sagte der Direktor.

Als Schräder nach Hause kam, roch seine Frau an seinem Anzug. »Igittigitt, du stinkst nach Stall«, sagte sie, »warst du etwa im Zirkus?«

»Ja«, antwortete Schräder, der sich auf dem Heimweg andere Sätze überlegt hatte. »Geschäftlich«, fügte er noch hinzu.

»Häng bloß den Anzug sofort zum Lüften auf den Balkon«, sagte seine Frau. »Der Gestank ist unerträglieh.« Schräder hatte vorschlagen wollen, am Abend zu zweit in ein Restaurant zu gehen, ohne die Kinder. Statt dessen setzte er sich in die Badewanne und konzentrierte sich auf die Zeitung. Er las die Wirtschaftsseite von links oben bis rechts unten. Schließlich rasierte er sich in der Wanne. Seine Frau konnte das nicht ausstehen, weil dann die Bartstoppeln am Wannenrand klebten. Nach dem Bad zog Schräder den hellen Anzug an, den er im Urlaub in Italien gekauft hatte. »Gehst du etwa noch aus?« fragte seine Frau, als sie ihn darin sah. Schräder gab keine Antwort. Er nahm den Mantel von der Garderobe, verließ die Wohnung und fuhr mit dem Bus in die Innenstadt.

Auf dem Marktplatz setzte er sich an einen kleinen Tisch vor einem Lokal und bestellte ein Bier, das er hastig trank. Es war noch früh am Abend, Menschen kamen aus den Geschäften. Ich kann es keinem erzählen, dachte Schräder, es bedeutet gar nichts. Am Nebentisch nahmen zwei junge Frauen Platz. Schräder malte sich die Szene aus. Er würde aufstehen und sich vorstellen: ›Gestatten, Schräder, heute gerade einen Tiger berührt, bittesehr, mit diesen Händen, höchstpersönlich, jawoll, da staunen Sie aber!‹ Nein, das war der Gipfel der Lächerlichkeit. Schräder bestellte noch ein Bier.

Auf der Straße vor dem Lokal hielt ein offener weißer Sportwagen. Der Fahrer und sein Beifahrer begrüßten die jungen Frauen am Nebentisch. Schräder biß sich auf die Zunge. Im Prinzip ist es eine Kleinigkeit, einen Tiger zu berühren. Entweder das Tier ist wild, dann gute Nacht, oder es ist zahm, und dann passiert nichts, basta. Jeder kann einen Tiger berühren, es ist nichts weiter dabei. Hastig trank Schräder ein drittes und ein viertes Bier. Plötzlich wurde ihm sehr übel. Knapp schaffte er es zur Toilette, wo er sich übergeben mußte. Dann ging er zu Fuß nach Hause. Es war längst dunkel, als er dort ankam.

»Wo warst du?« sagte seine Frau. »Und warum riechst du jetzt nach Alkohol?«

»Ich habe einen Tiger berührt«, sagte Schräder und legte sich zu Bett.

Am nächsten Morgen hatte er Kopfschmerzen. Im Waschraum des Büros nahm er eine Tablette. Als er zurück an seinen Schreibtisch ging, stand dort der Abteilungsleiter und blätterte in einer Akte. »Die Sache mit dem Zirkus?« sagte der Abteilungsleiter und hielt die Akte hoch. »Wie ist es? Hat der Herr Direktor sein Zelt zerfetzt?«

»Es ist nicht meine Aufgabe, das festzustellen«, sagte Schräder. »Ich war nur dort, um über einige Punkte seines Antrages Rücksprache zu halten. Wenn Zweifel an seinen Einlassungen bestehen, werden wir einen Detektiv beauftragen müssen.«

»Schon gut«, sagte der Abteilungsleiter und legte die Akte zurück, »mir wars ja nur um Ihre Meinung zu tun.« Schräder wollte etwas von Meinungen sagen, für die er nicht bezahlt werde, ließ es aber bleiben. »Wenn Sie es für sinnvoll halten«, sagte er, »kann ich ja noch einmal hinfahren. Ich sage einfach, es gebe noch ein paar Unklarheiten, und dabei fühle ich dem Mann auf den Zahn.«

»Ja, tun Sie das nur«, sagte der Abteilungsleiter. Als er gegangen war, lachte Schräders Bürokollege vor sich hin. »Willst du Karriere machen, oder hast du dich in eine Zirkusreiterin verknallt?« sagte er und machte im Sitzen balancierende Bewegungen.

»Weder noch«, antwortete Schräder. »Ich gehe einen Tiger füttern.«

»Auch gut«, sagte der Kollege. »Paß aber auf, daß er dich nicht frißt.«

»Mach ich«, sagte Schräder und griff nach seiner Aktentasche.

Er fand den Direktor in der Manege. Dort trainierten ein junger Jongleur und eine Frau, die auf einem kleinen Podest schlangenhafte Verrenkungen machte.

»Noch nicht alles in Ordnung?« fragte Legrand, als er Schräder kommen sah.

»Doch schon, aber«, Schräder machte eine Pause und sah in die Zirkuskuppel, in der ein großes Loch klaffte, »es gibt noch ein paar Formalitäten, wissen Sie, unbedeutende Einzelheiten. Es ist immerhin eine große Summe, da kommt es auf Kleinigkeiten an.«

Legrand fluchte. Man habe nichts als Ärger. Da zerreiße einem der Sturm das Zelt, und natürlich mache die Versicherung gleich Schwierigkeiten.

Schräder zog die Schultern hoch. »Umfangreiche Objekte«, sagte er, »erfordern besondere Genauigkeit.«

»Glaubt man mir etwa nicht?« fuhr der Direktor auf. »Ich habe es ja kommen sehen. Es ist immer dasselbe. Zahlen darf man, bis man schwarz wird, aber wehe, wenn dann wirklich etwas passiert. Dann ist man der Dumme!«

»Keineswegs«, sagte Schräder. »Sie mißverstehen mich. Es geht, wie gesagt, nur um Formalitäten.« Dabei kramte er in seiner Aktentasche.

»Muß ich etwa noch einen Wisch unterschreiben?« sagte der Direktor.

»Nicht jetzt.« Schräder holte etwas in Fettpapier Eingeschlagenes aus seiner Aktentasche. »Ich wollte nur fragen, ob ich Madonna das geben dürfte.« Er wickelte ein ziemlich großes Stück blutigen Fleisches aus und hielt es dem Direktor hin. »Ob sie so was wohl frißt?« sagte er.

Der Direktor trat auf Schräder zu und sah ihn eindringlich an. Schräder blickte zurück. Er sah, daß auch der Schnurrbart des Direktors gefärbt war. »Ob sie das frißt?« sagte er noch einmal.

Der Direktor nickte langsam. »Und ob die das frißt«, sagte er, »kommen Sie mit.«

Im Raubtierzelt waren jetzt die meisten Käfige besetzt; in einem lag mit dem Rücken zum Gitter der Tiger. Schräder blieb in einiger Entfernung stehen. »Besuch für dich, Madonna!« rief Legrand und klappte die Käfigtür herunter. Der Tiger rollte sich elegant herum, bis seine Vorderpranken über den Käfigrand hingen, den Kopf legte er dazwischen und beobachtete die beiden Männer. »Na los, zeigen Sie ihr, was Sie mitgebracht haben!« sagte der Direktor.

Schräder hielt, ein wenig zögernd, dem Tiger das Fleischstück entgegen und machte einen Schritt auf den Käfig zu.

»Nicht so«, sagte der Direktor ruhig, »den schönen Brocken soll sie sich selbst holen.«

Der Tiger hatte schon Witterung aufgenommen. Er hob den Kopf, und seine Backenhaare sträubten sich. Langsam richtete er sich auf, dann zog er den Körper zusammen, machte einen Buckel und sprang lautlos aus dem Käfig auf den Boden. Dort verharrte er einen Moment, dann stieß er dem Direktor den Kopf in die Hüften.

»Na, hol dir das Stück Fleisch«, sagte der Direktor und schob den Tiger von sich. Schräder war inzwischen in die

Knie gegangen. Langsam kam der Tiger auf ihn zu. Dann stand er still und streckte den Kopf vor, bis er das Fleischstück fast berührte. Geräuschvoll roch er daran, legte die Ohren zurück, schloß die Augen und nahm Schräders Geschenk mit schräggestelltem Kopf und weit hochgezogenen Lefzen. Zwei lange Sprünge, und er war wieder in seinem Käfig. »Könntest wenigstens danke sagen, du Biest«, rief der Direktor und klappte die Käfigtür wieder hoch.

Schräder trat näher heran. Der Tiger hatte das Fleischstück zwischen die Pranken und seitlich ins Maul genommen. Mit geschlossenen Augen und lautem Schmatzen kaute er daran. »Scheint ihr zu schmecken«, sagte Schräder.

»Und was haben wir zwei jetzt noch zu regeln?« fragte der Direktor.

»Für den Augenblick nichts«, sagte Schräder, »aber ich muß wahrscheinlich noch einmal wiederkommen.«

»Tun Sie das«, sagte der Direktor. »Kommen Sie überhaupt, wann immer Sie wollen. Und bringen Sie Ihre Familie mit. Sie haben doch Familie?«

»Danke«, sagte Schräder. Dann ließ er den Direktor stehen. Vor dem Zelt sah er sich um; der Mann, der gestern Blätter gekehrt hatte, spülte gerade einen Eimer aus. Langsam ging Schräder auf ihn zu. »Sind tausend Mark viel Geld?« fragte er ihn.

Der Mann sah ihn verdutzt an. »Das will ich meinen«, sagte er.

»Finde ich auch«, erwiderte Schräder und trat nach einem Stein, »und wenn man bedenkt, wie leicht es ist, sie sich zu verdienen.«

Der Mann spuckte aus, dann fuhr er sich mit der Hand über den Mund. »Was wollen Sie wissen?«

Als Schräder mittags nach Hause kam, stand seine Frau im Flur. »Sag nicht, du warst schon wieder im Zirkus«, sagte sie. »Da gefällt es dir wohl, was? Oder hast du dich in eine Seiltänzerin verliebt?«

Beim Essen untersuchte Schräder seine Suppe. Auf dem Tellerboden lagen kleine Buchstaben-Nudeln. Schräders Frau gab sie in die Suppe, um die Kinder zum Essen anzuhalten. Der Trick war, daß man zuerst die Suppe auslöffeln mußte, um dann mit den Buchstaben ein Wort oder einen Namen zu legen. Schräder fielen erstaunlich viele Worte ein, die er mit seinen Buchstaben hätte bilden können. Aber er aß seine Suppe nicht.

»Schmeckts nicht?« fragte seine Frau.

»Doch doch«, sagte Schräder, »aber eigentlich hätte ich lieber ein Stück Fleisch.«

Schräders Frau vertrug keine Kritik an ihrer Haushaltsführung. Es gab ein paar böse Worte, Schräder verließ den Küchentisch und die Wohnung. »Wohin gehst du?« rief seine Frau hinter ihm her.

Im Büro ließ sich Schräder beim Abteilungsleiter melden. »Waren Sie schon im Zirkus?« fragte der Abteilungsleiter. Schräder nickte nur.

»Na und?«

»Also wenn Sie mich fragen«, Schräder machte eine Pause und sah zur Decke, »da ist wahrscheinlich alles in Ordnung.«

»Schön«, sagte der Abteilungsleiter, »beziehungsweise nicht schön, wenn man an die Interessen unseres Hauses denkt.«

»Ich werde noch einmal hinausfahren«, sagte Schräder. »Besser ist besser.« Der Abteilungsleiter nickte.

Auf dem Weg zum Zirkus hielt Schräder an einer Tankstelle. Er ließ auftanken und die Scheiben putzen. Unterdessen stand er etwas abseits und beobachtete den Verkehr. Es sind lauter Versicherungsvertreter, dachte er. Sie fahren zu ihren Kunden, schließen Verträge ab und regeln die Formalitäten. Und dann gibt es Zirkusdirektoren mit falschen Namen und gefärbtem Bart und zahmen Tigern, die man berühren kann. Schräder gab dem Tankwart ein hohes Trinkgeld.

»Holla«, sagte der Tankwart und legte grüßend eine Hand an die Mütze.

»Sie schon wieder!« rief der Direktor Legrand, als Schräder kurz darauf in die Manege trat. »Machen Sie Überstunden oder haben Sie gleich Ihre Familie mitgebracht?«

»Weder noch«, sagte Schräder und stellte seine Aktentasche ab. »Kann ich Sie einen Moment alleine sprechen?«

»Sehen Sie hier jemanden?« sagte der Direktor und wies mit dem Kinn in das leere Rund. »Immer raus mit der Sprache.«

»Sie haben«, begann Schräder und schaute hinauf zu den kleinen Plattformen der Hochseilartisten, »Ihre Versicherung betrogen. Sie haben an einigen Stellen Löcher in das Zelt geschnitten und die Taue zu fest gespannt. Beim ersten Sturm mußte es zerreißen. Mit dem Geld wollen Sie Ihre Artisten bezahlen, um danach einen sauberen Bankrott anmelden zu können. Sie sind nämlich pleite.«

Der Direktor Legrand setzte sich auf den Manegenrand. »Okay«, sagte er. »Verraten Sie mir, woher Sie es wissen?«

»Unwichtig«, sagte Schräder. »Es ist eigentlich sehr anständig von Ihnen. Sie bekommen keine Kredite mehr, oder?«

Der Direktor nickte. »Ich habe einfach nicht das Zeug für so etwas.«

»Ich weiß, was Sie meinen«, sagte Schräder. »Und wenn Sie die Tiere verkaufen würden? An einen Zoo vielleicht? Oder an Privatleute?«

Der Direktor schob die Unterlippe vor und schüttelte den

Kopf. »Ich habs versucht« sagte er. »Die Zoos sind voll von ehemaligen Zirkustieren, und einen Tiger darf man nicht zu Hause halten.«

»Wieviel würden Sie denn brauchen, um über den Winter zu kommen?«

Der Direktor sah ihn erstaunt an. »Was interessiert Sie das? Ich denke, Sie sind hier, um mich zu verpfeifen.«

»Muß ja nicht sein«, sagte Schräder und prüfte die Strickleiter, die zur Plattform hochführte. Der Direktor stand auf und trat näher an ihn heran.

»Was wollen Sie, Mann?« sagte er leise. »Wollen Sie mich nur langsam fertigmachen, oder wollen Sie vielleicht Geld? Sie wissen doch, daß ich keins habe!«

Schräder sah ihn mit hochgezogenen Augenbrauen an. »Unsinn«, sagte er, »also los, stellen Sie sich vor, die Versicherung zahlt. Ein neues Zelt. Wie lange können Sie sich über Wasser halten, maximal?«

»Vielleicht ein halbes Jahr.«

»Und wieviel brauchen Sie, um wieder auf die Beine zu kommen, Minimum?«

»Zweihunderttausend«, sagte der Direktor nach kurzer Überlegung.

Schräder dachte nach. »Das wird sich machen lassen, vorausgesetzt...«

»Vorausgesetzt was?«

»Vorausgesetzt, Sie tun ab jetzt genau das, was ich Ihnen sage.«

»Sagen Sie es, und ich tue es«, flüsterte der Direktor.

Eine halbe Stunde später drang ein furchtbarer Schrei aus dem Raubtierzelt. Die Zirkusleute liefen zusammen, doch bevor jemand das Zelt betreten konnte, trat Legrand heraus. Auf seinen Armen trug er Schräder. Dessen Anzug war zerrissen, Blut lief aus seinen Wunden über den Overall des Direktors. »Schnell«, rief Legrand. »Schnell. Einen Krankenwagen.«

Die ersten Tage blieb Schräders Frau Tag und Nacht an seinem Krankenbett. Es bestand zwar keine Gefahr für sein Leben, er war nur am ganzen Körper zerkratzt und zerschunden, aber schon nach der ersten Untersuchung hatten die Ärzte Besorgnis über seinen psychischen Zustand geäußert. Schräder phantasierte ununterbrochen, manchmal schrie er minutenlang. Er mußte die grauenhaften Sekunden, in denen sich im Raubtierkäfig eine Tigerin auf ihn gestürzt und er mit ihr um sein Leben gerungen hatte, wohl immer wieder durchleben. Nach etwa einer Woche fiel er dann in völlige Apathie. Er erkannte niemanden und sprach kein Wort. Nach zwei Wochen entließ man ihn nach Hause, da im Krankenhaus weiter nichts für ihn zu tun war. Er verbrachte die Tage auf der Couch im Wohnzimmer, die Nächte im Bett, manchmal sprach er ein wenig, häufig weinte er nur vor sich hin. Die Kinder wurden zur Großmutter gegeben, Schräders Frau litt unter Schlaflosigkeit.

Nach etwa zwei Monaten begann Schräder, sich sehr langsam zu erholen. An eine Aufnahme seiner Arbeit aber war nicht zu denken, denn er weigerte sich standhaft, das Haus zu verlassen. Schräders Frau ging zu einem befreundeten Anwalt und fragte, ob es Sinn habe, den Zirkus zu verklagen.

»Sicher«, sagte der Anwalt, »außerdem müssen diese Leute ja gegen so etwas versichert sein.«

»Sie dürfen nicht glauben, daß ich Vorteile aus seinem Zustand ziehen will«, sagte Schräders Frau.

»Nicht doch«, sagte der Anwalt, »es soll ja alles seiner Gesundung zugute kommen.«

Schließlich forderte der Anwalt die Versicherung des Zirkusses auf, seinem Mandanten ein Schmerzensgeld von mindestens dreihunderttausend Mark zu zahlen. In Anbetracht der Schwere des psychischen Schadens, den sein Mandant neben den Verletzungen davongetragen habe, scheine ihm dies eine angemessene Summe.

Ein paar Tage später ließ Schräders Abteilungsleiter sich beim Versicherungsdirektor melden. »Sollen wir versuchen zu prozessieren?« sagte er. »Immerhin gehören Tiger in den Käfig. Unterlassene Aufsichtspflicht.« Der Versicherungsdirektor wog das Schreiben des Anwaltes in der Hand. »Unklug«, sagte er, »es war schließlich unser Mann. Und er war im Dienst, nicht wahr?«

Der Abteilungsleiter nickte.

»Sehr unklug«, sagte der Versicherungsdirektor noch einmal. »Stellen Sie sich die Schlagzeilen vor, wenn eine Zeitung davon Wind bekommt!«

»Und die bekommen immer Wind«, sagte der Abteilungsleiter.

»Immer«, sagte der Versicherungsdirektor, »einfach immer.«

Schräders Allgemeinzustand besserte sich unterdessen. Um Weihnachten konnte er schon kleinere Hausarbeiten erledigen, die Kinder kamen von der Großmutter zurück, manchmal half er ihnen sogar bei den Schularbeiten. Nur nach draußen traute er sich nicht, und niemand bekam aus ihm heraus, wovor er sich fürchtete. Darüber sprach er weder mit seiner Frau noch mit dem Psychiater, der ihn regelmäßig aufsuchte.

Am Neujahrsnachmittag, Schräders saßen in der Küche, balancierte eine Katze draußen über das Balkongeländer. Schräder bekam einen entsetzlichen Anfall, der ihn um Wochen zurückwarf.

»Mir ist jetzt alles völlig klar«, sagte der Psychiater tags darauf zu Schräders Frau. »Ihr Mann hat eine schwere Tierphobie, kein Wunder bei seinem Erlebnis.«

»Und was kann man da machen?« fragte Schräders Frau. »Ich bin am Ende meiner Kräfte.«

»Wir müssen ihn langsam wieder an Tiere gewöhnen. Das wird von uns allen viel Geduld und Nachsicht verlangen.«

Schräders Frau putzte sich die Nase. »Am besten lassen wir ihn gleich Tierpfleger werden«, sagte sie, »da kann er sich den ganzen Tag selbst therapieren. Ich jedenfalls halte es nicht mehr aus.«

Der Psychiater dachte nach. »Ich weiß, Sie haben in den letzten Wochen einiges mitgemacht«, sagte er, »und ich verstehe, wenn Sie manchmal etwas verzweifelt sind. Aber an dem, was Sie da eben sagten, ist etwas dran.«

Vier Monate später verließ der Zirkus Legrand sein Winterquartier. Die Wohnwagen waren angespannt, und was nicht auf eigenen Rädern fahren konnte, war fertig, um auf die Bahn verladen zu werden.

Am Tag vor der Abreise wurde das Zelt über den Raubtierkäfigen abgebaut. Der Tierpfleger Schräder überwachte die Arbeiten. Am Abend, als die Monteure gegangen waren, trat der Direktor Legrand zwischen die Käfige. »Alles klar?« sagte er.

»Alles klar«, antwortete Schräder und prüfte noch einmal die Schlösser an den Käfigtüren.

»Das mit Ihrer Frau tut mir leid«, sagte der Direktor.

Schräder sah ihn an. »Ich will nicht darüber reden«, sagte er.

»Schon gut, schon gut.« Der Direktor ging an den Käfigen vorbei und ließ seine Hand an den Stäben entlanggleiten. »Sie sind wahrscheinlich verrückt«, sagte er. »Ich habe nie geglaubt, daß es funktioniert. Ich habe nur mitgemacht, weil Sie mich in der Hand hatten.«

»Haben«, sagte Schräder, »haben.«

»Wieso haben?« rief der Direktor.

»Sie vergessen das Zelt. Ich werde von Tag zu Tag gesünder, und ich bin noch immer Versicherungsvertreter.«

»Wenn Sie die Sache mit dem Zelt verraten, dann sage ich...«

»Ja?« sagte Schräder scharf. »Was genau sagen Sie? Und wer glaubt es einem Versicherungsbetrüger?« Dann lachte er. »Außerdem müssen Sie an die Zeitschriften denken. Die schönen Berichte. ›Vom Tiger verwundet – vom Tiger geheilt!‹ Wir würden das Geld für die Exklusivrechte verlieren.«

Der Direktor wippte auf seinen Zehenspitzen. »Entschuldigen Sie bitte«, sagte er. »Das war sehr dumm von mir.«

»Schon vergessen.« Schräder wischte sich die Hände an seiner Schürze ab. »Übrigens gefallen mir die Entwürfe für die Werbezettel nicht.«

»Wir werden sie ändern«, sagte der Direktor.

Spät in der Nacht brach der Zirkus auf. In den Käfig des Tigers drang nur das leise Tackern der Zugmaschine. Der Wagen schwankte leicht, ein wenig Licht kam durch die Ritzen in der Decke. Schräder hatte auf dem Boden eine Decke ausgebreitet, und auf der lag er nun, Seite an Seite neben der Tigerin. Sie schlief, und stoßweise ging ihr Atem wie ein leichtes Fauchen. Schräder drückte seinen Kopf an ihre Flanke und zählte die Herzschläge. Er wußte, wenn er sie jetzt an einer bestimmten Stelle auf dem Rücken berühren würde, dann würde ein wellenförmiger Schauer durch ihren Körper laufen und ihr Schwanz im Traum wie eine Peitsche schlagen.

Hinter der Front

Gruber war zwischen die Fronten geraten. Als es Abend wurde, versteckte er sein Krad unter Ästen, hob am Waldrand ein Loch aus und kauerte sich hinein. In der Nacht rollten auf dem Weg durch die baumlose Talmulde, an die der Wald grenzte, amerikanische Panzer. Gruber sah sie nicht, er hatte das Gesicht in den Boden gedrückt, um sich nicht zu verraten. Natürlich könnte er sich ergeben, aber wußte man, ob die Amerikaner Gefangene machten? Die Russen, sagten die, die von der Ostfront gekommen waren, die Russen machten jedenfalls keine. Als es Morgen wurde, kroch Gruber aus seinem Loch und flach über den nassen Waldboden, bis er die Mulde einsehen konnte. Bis zum gegenüberliegenden Waldrand waren es zweihundertfünfzig, vielleicht dreihundert Meter. Gegen Ende stieg das Gelände steil an, ein Abhang von drei oder vier Metern Höhe, aus dem Baumwurzeln ragten. In diese Richtung mußte er sich halten. Nach rechts war der Weg auf etwa dreihundert Metern zu übersehen. Dort war nichts. Linker Hand kreuzte er nach fünfzig Metern einen anderen Weg, um gleich danach wieder im Wald zu verschwinden. Auf der Kreuzung stand ein amerikanischer Panzer. »Scheiße«, sagte Gruber, »verdammte, verdammte Scheiße.«

Er kroch zurück in den Wald zu seinem Krad. Es gab zwei

Möglichkeiten. Erstens Laufen, so schnell wie möglich, denn es gab keine Deckung. Aber wenn sie ihn gleich sahen, war er geliefert. Es dauerte einfach zu lange. Zweitens Fahren, das Krad vorsichtig zum Waldrand bugsieren, Anlauf nehmen, aufsteigen, im Herunterrollen zünden, Vollgas bis zum Abhang, dann abspringen und die letzten Meter zu Fuß. So würden sie ihn auf jeden Fall hören. Aber es ging schneller, viel schneller. Gruber dachte nach. Vielleicht gab es eine dritte Möglichkeit, Warten, bis der Panzer wegfuhr. Doch mit jeder Stunde, die er wartete, würde sich die Front weiter entfernen, und selbst wenn er hier entwischte, wäre seine Einheit nicht zu erreichen.

Obergefreiter Ernst Gruber, dachte Gruber, geboren fünfundzwanzigster sechster dreiundzwanzig, gestorben achter fünfter fünfundvierzig. Träger des Verwundetenabzeichens Zweiter Klasse, drei Jahre Westfront, gefallen während der großen Verteidigungsschlacht um die heilige deutsche Erde. Das klang gut. Man könnte es seinen Kindern sagen. Aber Gruber hatte keine Kinder, nicht einmal eine Frau. Wer von seinen Eltern, Verwandten und Freunden noch lebte, wußte er nicht. Sicher stand nur fest, wer schon tot war. Es fiel Gruber auf, daß er wenig an die Toten dachte. »Scheiße«, sagte er. Also das Krad.

Vom Waldrand aus überprüfte er noch einmal das Gelände, keine Senke, kein verborgener Bach, kein Schützenloch. Dann sah er das Krad durch, Tank, Benzinleitung, Kette. Er nahm die Zündkerze heraus und trocknete sie am Uniformärmel. Er zog seine Handschuhe an und versuchte ruhiger zu atmen. Dann nahm er Anlauf.

Es war steiler, als er geglaubt hatte. Rasch wurde das Krad schneller. Zündung ein, Gang rein, Kupplung kommen lassen. Es gab eine Serie von Fehlzündungen, das Krad wurde langsamer. Noch einmal, jetzt im zweiten Gang. Wieder Fehlzündungen. Gleich war der Weg erreicht. »Scheiße«, schrie Gruber, sprang vom Motorrad und lief auf den Abhang zu. Aus den Augenwinkeln sah er, wie der Turm des Panzers herumschwenkte. Noch fünfzig Meter. »Schießt doch!« rief Gruber. Dann erreichte er den Abhang, aber er sank tief in das braune, feuchte Erdreich, und die Wurzeln gaben kaum Halt. Als er beinahe oben war, rutschte er ab und glitt auf dem Rücken ein Stück hinunter. Er breitete die Arme aus, um seinen Fall zu bremsen. Das Rohr des Panzers zeigte auf seine Stirn. Auf den Turm waren ein Name und eine Nummer geschrieben.

»Schießt, ihr Schweine!« brüllte Gruber und kletterte weiter. Plötzlich griff er in festen Boden. Er zog sich hinauf, kam auf die Beine und rannte in den Wald.

Am Abend erreichte er einen deutschen Verwundetentransport. »Wißt ihr, wo die vierte vierhundertzwo ist?« fragte er.

»Nie gehört«, sagte ein Fahrer, »steig auf!«

»Wohin fahrt ihr?« wollte Gruber wissen.

Der Fahrer zeigte über den Kühler. »Diese Richtung«, sagte er. Sie fuhren die Nacht durch, im Morgengrauen erreichten sie eine Sammelstelle.

Gruber meldete sich bei einem Major. »Obergefreiter Gruber«, sagte er, »Kradmelder bei der vierten vierhundertzwo. Wie komme ich bitte zu meiner Einheit?«

Der Major schien ihn anbrüllen zu wollen, doch dann machte er eine wegwerfende Handbewegung. »Bataillonskommandeur?« fragte er.

»Oberstleutnant von Zehden, Herr Major.«

»Von Zehden?« Der Major nickte. »Feiner Kerl, wir waren zusammen am Atlantik.« Er zündete sich eine Zigarette an.

»Wissen Sie, wo meine Kompanie ist?« fragte Gruber nach einer Pause.

»Nein«, sagte der Major, »das weiß ich nicht.«

»Und was soll ich jetzt tun?«

»Das weiß ich auch nicht.«

»Ich hatte ein merkwürdiges Erlebnis, Herr Major«, sagte Gruber.

»Das glaube ich nicht«, sagte der Major. Es kamen jetzt noch weitere Fahrzeuge, und jemand rief nach dem Major. Gruber wollte sich abwenden.

»Hat Ihnen jemand erlaubt, sich abzumelden?« schrie ihn der Major an.

»Verzeihung, nein«, sagte Gruber und nahm wieder Haltung an.

»Wie hießen Sie gleich?«

»Gruber, Herr Major, Obergefreiter Gruber, Kradmelder vierte vierhundertzwo.«

»Gut«, sagte der Major. »Rauchen Sie?« Gruber nahm eine Zigarette. »Was war das denn für ein merkwürdiges Erlebnis?«

»Also ich war hinter die Front geraten«, begann Gruber, aber wieder rief jemand nach dem Major, lauter und dringender. Der Major fluchte, trat seine Zigarette aus und lief zu den Fahrzeugen hinüber. Auf halbem Weg wandte er sich um. »Gruber«, rief er, »das ist Unsinn. Der Krieg ist aus.«

Als Gruber pensioniert wurde, gaben die Direktoren ihm zu Ehren einen kleinen Empfang für die Führungskräfte des Unternehmens. Gruber erhielt einen Scheck in einem Firmenumschlag, ein sehr geschmackvolles Geschenk und eine Ehrenmedaille in Gold mit dem Bild des Firmengründers. Der Betriebsdirektor hielt eine Laudatio. Er sprach von den Männern der ersten Stunde und wie schwer es für die Jüngeren sei, langjährige Erfahrung durch wissenschaftliche Kalkulation zu ersetzen. Der Firmenchor sang. Gruber war sehr gerührt.

In der folgenden Nacht hatte Gruber einen Traum. Er rutschte auf dem Rücken einen feuchten, lehmigen Abhang hinunter. Es war ein herrlicher Frühlingsmorgen, die Vögel sangen, der Boden duftete, das Licht brach sich in betauten Spinnennetzen. Unten stand ein dunkelgrüner Sherman-Panzer, das Rohr zeigte wie ein Finger auf Grubers Brust. Auf dem Turm stand ›Enola 7341‹. Gruber hatte furchtbare Angst, aber er erwachte erst am Morgen, pünktlich zur gleichen Zeit, zu der er vierzig Jahre lang morgens aufgewacht war. Seine Frau schlief, der Wecker war nicht gestellt. Scheiße, dachte Gruber, dann fiel ihm ein, daß er nicht aufstehen mußte. »O mein Gott«, sagte er leise.

Als einige Wochen später sein Sohn mit seiner Familie zu Besuch kam, nahm ihn Gruber nach dem Kaffeetrinken beiseite.

»Du hast studiert«, sagte er, »du kennst dich also aus. Stell dir vor, man will etwas über den Krieg wissen, ich meine, eine ganz kleine Einzelheit, nichts Weltbewegendes, eine Episode, verstehst du. Was macht man dann?«

»Was willst du denn wissen?«

»Darum geht es nicht. Sag mir nur, was man da macht.«

»Geh zur Universität«, sagte der Sohn, »zu einem Militärhistoriker. Es hat wahrscheinlich keinen Zweck, selbst nachzuschlagen. Es gibt viel zu viele Bücher über den Krieg.«

»Danke«, sagte Gruber, »wie geht es mit dir und Kirstin?«

»Wir haben Probleme«, sagte der Sohn, »aber nichts Ernstes. Macht euch um uns keine Sorgen.«

»In Ordnung. Komm«, sagte Gruber, »gehen wir zu den Frauen.«

Am nächsten Morgen fuhr er zur Universität. Es dauerte eine halbe Stunde, bis er sich durchgefragt hatte, dann klopfte er an eine Türe. Jemand rief »Herein«, und Gruber öffnete. Vor einer Bücherwand saß ein junger Mann in Pullover und

Jeans auf dem Boden. Er studierte eine Landkarte, die er vor sich ausgebreitet hatte.

»Sind Sie Militärhistoriker?« fragte Gruber.

Der Mann stand auf. »Ja«, sagte er. »Kommen Sie etwa in meine Sprechstunde? Die ist erst morgen.«

»Nein«, sagte Gruber. »Ich habe nur eine kurze Frage, ich studiere nicht. Es ist ganz privat.«

Der Mann wies auf einen Stuhl. Gruber setzte sich, der Mann blieb stehen.

»Sehen Sie«, sagte Gruber. »Es ist eigentlich sehr einfach. Ich möchte wissen, wer an einem bestimmten Tag in einem bestimmten Panzer gesessen hat, im Mai fünfundvierzig, an der Westfront.«

»Kriegsverbrecher?« fragte der Mann.

»Nein nein«, Gruber wehrte ab. »Es hat damit nichts zu tun. Es ist gar nichts Offizielles. Ich will es für mich privat wissen.«

»Gut«, sagte der Mann. »Das ist vielleicht spannend. Also«, er nahm Papier und Bleistift, »was wissen wir denn? Tag?«

Gruber antwortete, Datum und Uhrzeit.

»Ach, sieh an«, sagte der Mann, »und Ort?«

Gruber sagte, wohin der Weg geführt hatte, von wo er gekommen war. Dann nannte er die Orte und Städte in der Umgebung.

»Sehr gut«, sagte der Mann. »Und jetzt der Panzer?«

Gruber beschrieb den Typ. »Enola«, sagte er, »7341.«

Der Mann studierte die Angaben. »Die Division kann ich Ihnen aus dem Kopf sagen. Für den Rest müßte ich nachschlagen. Warten Sie einen Moment.« Er verließ das Zimmer. Nach einer Viertelstunde kam er wieder. »Hier«, sagte er und reichte Gruber ein Papier. »Mehr kann ich nicht für Sie tun.« Auf dem Papier standen Namen und Zahlen. Der Mann erklärte sie. »Das ist die Division, das Regiment, der Regimentskommandeur. Beim Bataillon wird es schwieriger. Wahrscheinlich dieses, das ist der Name des Kommandeurs. Was den Panzer angeht, da kann ich Ihnen natürlich nicht weiterhelfen. Damit müssen Sie zu den Amerikanern.«

»Und was mache ich da?«

»Fragen Sie nach alten Mannschaftsrollen, nach Kompanielisten. Die Nummer war bestimmt offiziell. Und dann müssen Sie sich die Adressen von Kameradschaftsverbänden geben lassen. Die haben vielleicht Photos.«

»Und wohin genau soll ich gehen?« fragte Gruber. Der Mann schrieb ihm eine Adresse auf.

»Danke«, sagte Gruber und gab dem Mann die Hand.

»Keine Ursache. Sagen Sie mir doch mal Bescheid, wenn es geklappt hat. Das würde mich interessieren.«

»Mache ich«, sagte Gruber und wandte sich zur Tür.

»Waren Sie Kriegsteilnehmer?« fragte ihn der Mann.

»Ja«, sagte Gruber. Dann ging er.

Die Dienststelle, die man ihm genannt hatte, lag in einer anderen Stadt. Gruber meldete sich telephonisch an und fuhr ein paar Tage später mit dem Zug dorthin. Ein freundlicher junger Offizier, der fließend Deutsch sprach, holte ihn an der Wache ab und führte ihn in ein Büro. Was genau er wissen wolle, und warum?

»Es ist für mich privat«, sagte Gruber, »sehen Sie, nach all den Jahren. Es ist keine Feindschaft dabei. Und wir sind doch Waffenbrüder geworden.«

Der junge Offizier zog die Augenbrauen hoch. Gruber mußte einige Erklärungen ausfüllen und unterschreiben. Dann gingen sie zusammen in einen Aktenkeller. »Warten Sie einen Moment«, sagte der Offizier. Gruber sah sich um. Hunderte, Tausende von Aktenordnern, einer wie der andere, auf den Rücken standen nur Nummern. Schließlich kam der Offizier zurück.

»Kommen Sie bitte«, sagte er. Sie traten in einen Raum, an dessen Wänden andere Soldaten vor grünen Monitoren saßen. Der Offizier ging zu einem von ihnen und diktierte etwas, das der Soldat in das Gerät schrieb. Aus einem Drucker stieg eine Liste mit grünen Querstreifen. Der Offizier riß sie ab und reichte sie Gruber. »Das sind die Adressen der Armeevereine und Veteranenclubs, die für Sie in Frage kommen. Schreiben Sie dorthin. Und nehmen Sie sich einen Dolmetscher für Ihre Briefe. Da versteht Sie niemand.«

»Ich danke Ihnen vielmals«, sagte Gruber, nahm die Liste und faltete sie so oft, bis sie in seine Brieftasche paßte.

»Sie waren im Krieg?« fragte der junge Offizier.

»Ja«, sagte Gruber. »Von Mitte zweiundvierzig bis zum Ende. Zuletzt Kradmelder bei der Infanterie. Dreimal verwundet. Aber denken Sie nicht, ich war ein Nazi. Ich bin Jahrgang dreiundzwanzig, wir kannten nichts anderes.« Er reichte dem Offizier die Hand.

»Ich war noch nie im Krieg«, sagte der. Dann führte er ihn zur Wache. Gruber nahm den nächsten Zug nach Hause.

Am nächsten Morgen rief Gruber seinen Sohn an und fragte, wie man an einen Dolmetscher fürs Englische komme. »Ich kann das für dich machen«, sagte der Sohn.

»Nein«, sagte Gruber. »Ich will keine Umstände.« Der Sohn riet ihm, eine Anzeige in eine Stadtteilzeitung zu setzen. Ein professionelles Büro sei zu teuer. »Danke, mach ich«, sagte Gruber.

Eine Woche später kam die junge Frau, die sich auf Grubers Anzeige gemeldet hatte. »Es handelt sich um einige Briefe nach Amerika«, sagte Gruber. »Sie haben alle denselben Text, also muß nur einmal übersetzt werden. Ich habe den Brief bereits geschrieben. Wenn Sie wollen, können Sie ihn mitnehmen. Von der Übersetzung machen Sie aber bitte keine Kopien. Schreiben Sie sie ein paarmal neu ab. Es soll privat aussehen, verstehen Sie?«

Schon am nächsten Tag brachte die junge Frau die Übersetzungen. »Ich werde Sie wieder brauchen, wenn ich Antwort erhalte«, sagte Gruber und gab der Frau den vereinbarten Betrag. »Darf ich dann einfach anrufen?«

»Tun Sie das«, sagte die Frau.

Gruber schrieb die Umschläge und brachte die Briefe zur Post. Drei Wochen später fuhr er mit seiner Frau in Urlaub. Zum ersten Mal konnten sie in der Vorsaison fahren. Sie hatten für vier Wochen gebucht und hängten noch eine Woche an, weil das Wetter zu Beginn nicht gut gewesen war. An einem der letzten Tage wachte Gruber mitten in der Nacht auf. Die Brandung rauschte. Er hatte geträumt, auf dem Rücken langsam einen Abhang hinunterzurutschen. Die Landschaft war ihm fremd, es gab dort Pflanzen, die er nicht kannte. Am Fuße des Abhanges stand ein amerikanischer Panzer. Er sah verlassen aus und sehr bedrohlich. Auf dem Kettenkasten saß eine Frau in einem unmodernen Kostüm. Gruber hatte schreckliche Angst, und bewegungslos glitt er weiter nach unten.

Als er aus dem Urlaub zurück nach Hause kam, stellte Gruber die Koffer in den Flur und leerte seinen Briefkasten. Hastig sortierte er Reklamesendungen und amtliche Schreiben aus. Ein Brief aus Amerika war nicht darunter. Gruber fluchte.

»Was ist mit dir?« fragte seine Frau.

»Nichts von Bedeutung«, sagte Gruber.

Zwei Wochen später kam ein Brief. Gruber öffnete ihn im Treppenhaus, natürlich verstand er kein Wort. Er sah nur, daß es ein kurzer Brief war und daß er keine Adressen zu enthalten schien. Statt die junge Frau anzurufen, wartete Gruber auf weitere Briefe. In der folgenden Woche kamen noch zwei. Gruber öffnete sie nicht. Er wartete weiter. Schließlich rief er an. »Könnten Sie sofort kommen?« fragte er. »Okay«, sagte die junge Frau. Als sie eintrat, hatte Gruber den Wohnzimmertisch hergerichtet. Neben den Briefen standen eine Flasche Rotwein, Gläser und Gebäck. Grubers Frau hatte dabeisein wollen, aber Gruber hatte sie gebeten, ihn allein zu lassen.

»Dann wollen wir mal sehen«, sagte die junge Frau.

»Zuerst den offenen«, sagte Gruber.

Die junge Frau überflog den Text. »Also erst mal in groben Zügen«, sagte sie. »Man freut sich über Ihren Brief. Der Sowieso-Club beantwortet jährlich soundso viele Anfragen. Es seien auch die Schicksale von Vermißten aufgeklärt worden, und so weiter...« Die Frau hielt inne und wendete das Papier. »Tut mir leid«, sagte sie, »ich glaube, das ist ein Vordruck.« Sie wendete das Papier wieder. »Am Ende ist etwas für Sie. Man bedauert, in Ihrem Falle nicht zuständig zu sein.«

»Den nächsten Brief bitte«, sagte Gruber.

Die Frau riß ihn auf. Ein Photo fiel heraus. Gruber wollte es aufheben, die Frau kam ihm zuvor. Sie reichte es herüber. »Eine Farbaufnahme«, sagte Gruber erstaunt, »wir hatten damals noch gar keine Farbfilme.« Auf dem Photo standen drei Männer vor einem grünen Panzer. Einer lag auf dem Kettenkasten, ein anderer schaute aus der Turmluke hervor. Auf dem Turm stand ›Enola‹ und ›7341‹. »Lesen Sie bitte«, sagte Gruber.

»Wörtlich oder als Zusammenfassung?«

»Wörtlich«, sagte Gruber.

»Lieber Kamerad. Wir haben uns sehr über Deine Anfrage gefreut, und wir sind froh, Dir weiterhelfen zu können. Uns kam dabei ein Zufall zu Hilfe. Major Wilson, der uns beim Geschäftlichen manchmal aushilft, erinnerte sich nämlich an genau diesen Namen, der ja noch eine bestimmte Berühmtheit bekommen sollte. Jedenfalls fanden wir nach ein paar Telephonanrufen heraus, wer damals die Besatzung gebildet hat. Doch jetzt ...« Die Übersetzerin verstummte.

»Was ist?« sagte Gruber.

»Das ist eine merkwürdige Formulierung. Ich übersetze es einmal so: Doch jetzt kommt ein großes ›Leider‹. Denn unsere Nachforschungen haben weiter ergeben, daß von der Besatzung nur noch der Richtschütze Sergeant Hammond am Leben ist. Zwei der Kameraden, die Du auf dem Bild siehst, das wir in unserem Archiv gefunden haben, Corporal James und Corporal Ginelli, sind gefallen, als der Panzer Ende Mai in der Nähe des Rheins auf eine Mine fuhr. Corporal Brixen wurde dabei verwundet. Die Maschine, die ihn zurück in die Staaten bringen sollte, ist über dem Atlantik verschollen. Der Kommandant Lieutenant Weathers ist vor einigen Jahren eines natürlichen Todes gestorben. Das alles wissen wir von Sergeant Hammond, an den wir Deine Anfrage weitergeleitet haben. Du findest seine Adresse am Ende des Briefes. Wir hoffen ...«

»Der andere Brief«, sagte Gruber plötzlich.

»Es steht kein Absender auf dem Kuvert«, sagte die junge Frau.

»Ich weiß«, sagte Gruber. »Öffnen Sie ihn bitte.«

Die junge Frau öffnete den Brief. »Er ist von Mr. Hammond«, sagte sie. »Soll ich vorlesen?«

»Ja«, sagte Gruber.

In der Nacht, bevor Gruber nach Amerika fliegen sollte, träumte er. Er lag auf dem Rücken, flach, und über ihn gebeugt stand eine Frau in einem feenhaften Kleid, dessen lange Schleier ihn umwehten. ›7341‹, sagte Gruber, aber die Frau schüttelte stumm den Kopf. Gruber versuchte andere Zahlen, ohne Erfolg. Schließlich legte die Frau einen Finger auf seine Lippen und drückte ihm dann sanft die Augen zu.

Am Flughafen verabschiedete sich Gruber von seiner Frau und seinem Sohn.

»Weißt du eigentlich, was du tust?« fragte seine Frau.

»Laß ihn, Mutter«, sagte der Sohn. »Ich finde es ganz richtig.«

»Dann passen Sie wenigstens gut auf ihn auf«, sagte Grubers Frau zu der Dolmetscherin. »Er ist ja nicht mehr der Jüngste.«

Die junge Frau lachte. »Wir werden heil zurückkommen«, sagte sie, »es ist ja nicht einmal für eine Woche.«

Im Flugzeug fühlte Gruber sich wohl. Er war schon häufiger geflogen, doch nur kürzere Strecken. »Es ist natürlich eine etwas peinliche Situation für meine Frau«, sagte er zu der Dolmetscherin, als sie gestartet waren. »Aber wir haben uns immer vertraut in solchen Dingen. Wir waren nicht so, wie die jungen Leute heute sind. Und das hier ist ja nichts Schlimmes.«

»Nein«, sagte die junge Frau.

»Außerdem kommen Sie so einmal nach Amerika. Das ist doch gut für Ihre Ausbildung? Sie können in Des Moines den ganzen Tag tun, was Sie wollen.« Er hatte die Aussprache des Ortes geübt. »Kümmern Sie sich dann nicht mehr um mich. Ich brauche Sie nur ein einziges Mal.«

»Ach was«, sagte die Frau. »Wir bleiben natürlich zusammen.«

»Sie sind zu nichts verpflichtet«, sagte Gruber. »Ich weiß, wovon ich rede. Ich hatte die letzten fünfzehn Jahre eine eigene Sekretärin.«

Die Stewardeß fragte nach den Essenswünschen. Gruber wußte, daß es auf dem Flug mehrere Mahlzeiten geben würde, er fand es sehr aufregend. Er aß, danach schlief er gleich ein. Als er wieder erwachte, war schon mehr als die Hälfte der Strecke zurückgelegt. Er rechnete noch einmal die Zeitverschiebung aus. Sie waren am Mittag gestartet und würden fast zur gleichen Zeit ankommen. Dann hatten sie sofort Anschluß an eine andere Maschine. Die ganze Reise würde nach der Uhr nur ein paar Stunden dauern. »Das ist phantastisch«, sagte Gruber. Die junge Frau war eingeschlafen.

Beim Umsteigen war Gruber in Sorge über das Gepäck. »Wir können sowieso nichts tun als hoffen«, sagte die junge Frau lachend. »Also warum sich Sorgen machen?«

»Sie haben recht«, sagte Gruber. Die zweite Maschine startete ohne Verspätung. Es war gerade noch Zeit für einen Kaffee gewesen. Pünktlich waren sie in Des Moines.

»Warum sollte Mr. Hammond Sie eigentlich nicht abholen?« fragte die Dolmetscherin. Sie hatte schon einmal gefragt, da hatte Gruber ausweichend geantwortet. Jetzt schien er sehr gelöst und guter Laune.

»Ach, ich weiß nicht«, sagte Gruber. »Das ist so wie Bahnhof und Verwandtschaft. Ich meine, das gehört sich nicht für uns. Wir kennen uns ja gar nicht, in dem Sinne.«

»Eben darum!«

Gruber sah die junge Frau an. »Es ist vielleicht schwer zu verstehen«, sagte er. »Vielleicht ist das alles ganz schwer zu verstehen. Vielleicht ist es auch Unsinn. Ich könnte darüber nachdenken und mir sagen: ›Das ist Unsinn, laß das doch.‹ Aber ich will nicht. Ich habe beschlossen, es zu tun, und jetzt tue ich es so, wie ich es geplant habe. Wenn es gelingt – gut, wenn nicht, dann nicht.«

»Was soll denn gelingen?«

»Ach, das ist das falsche Wort.« Gruber schwieg. Dann wurde das Gepäck ausgegeben, alle Stücke waren da. Sie nahmen ein Taxi ins Hotel, die Vorbestellung hatte funktioniert, ein Boy trug die Koffer auf die Zimmer. Sie beschlossen, etwas zu essen und dann zu Bett zu gehen, man müsse vorsichtig sein mit der Zeitumstellung. Nachdem die Koffer ausgepackt waren, gingen sie in ein Restaurant, das ihnen der Portier empfohlen hatte.

»Das sind meine ersten richtigen Schritte in Amerika«, sagte Gruber. »Und Ihre doch auch, oder?«

»Ja«, sagte die junge Frau. »Und wie ist Ihr Gefühl?«

»Gut, sehr gut. Es ist ja keine so große Stadt. Früher wären die Unterschiede wohl stärker gewesen, aber heute, die Autos, die Häuser, die Reklamen, das ist alles nicht so fremd. Sehen Sie die Werbeschilder. Ich kann sie fast alle lesen. Das da ist eine Reifenwerbung, hier eine für Limonade, die gleichen Zigarettenmarken. Nur die Sprache natürlich.« Er lachte. »Und dafür habe ich ja Sie.«

Sie wollten etwas Amerikanisches essen, doch beide wußten sie nicht, was das eigentlich sei. »Bestimmt nicht Hamburger und Pizza«, sagte Gruber. Also fragte die junge Frau den Kellner. Der empfahl Lammkoteletts, auf eine bestimmte Art zubereitet. Sie schmeckten ausgezeichnet. Auf dem Rückweg zum Hotel kauften sie eine Zeitung. Die junge Frau las die Schlagzeilen vor. Es wurde langsam dunkel.

»Ringsumher ist nur weites flaches Land«, sagte Gruber. »Ich habe einen Führer gelesen. Ich denke, ein bißchen kann man es fühlen, sogar hier in der Stadt.«

Die junge Frau sah ihn an. »Ich weiß nicht«, sagte sie. Vor ihrem Zimmer wünschte Gruber eine gute Nacht. Er bedankte sich, und als sie etwas sagen wollte, winkte er ab. »Sie tun sehr viel für mich«, sagte er. »Das ist mit Geld nicht zu bezahlen.«

»Dann bis morgen«, sagte die junge Frau. »Morgen ist Ihr großer Tag.«

»Ja«, sagte Gruber. »Morgen ist mein großer Tag.«

Später lag Gruber in seinem Bett und wartete darauf einzuschlafen. Er war müde, eigentlich war es schon weit nach Mitternacht in seiner Zeit, aber er schlief nicht ein. Er dachte ans Träumen. Was er heute träumen würde, ginge sicherlich in Erfüllung. So sagt man doch, wenn man die erste Nacht an einem neuen Ort verbringt? »Enola«, sagte Gruber laut. War das eigentlich ein Name? Es klang freilich so. Sicher war es ein Frauenname. Wenn ein Panzer auf eine Mine fährt, reißt es seinen Boden auf. Die Insassen werden durch umherfliegende Stahlteile getötet. Oder die Munition explodiert und reißt das ganze Fahrzeug in Stücke. Von Grubers Kameraden hatten einige überlebt, er wußte nicht, wo sie waren und was sie machten. Die meisten waren tot. Er kannte kaum noch ihre Namen, nur Gesichter und Stimmen und wo sie gelegen hatten, in Erdlöchern oder Unterständen, in zerschossenen Häusern, in Mannschaftsbaracken. Wie sie zusammen marschiert waren über Landstraßen, wie sie beim Essenfassen hintereinander in der Schlange gestanden hatten, wie sie aufgerufen wurden, wenn Post von zu Hause kam. Grubers Eltern waren bei einem Bombenangriff umgekommen, auch seine Schwester. Sein Bruder hatte als vermißt gegolten, nach zwei Jahren kehrte er aus russischer Gefangenschaft zurück. Gruber hatte sich immer sehr schlecht mit ihm verstanden, das änderte sich nicht. Der Bruder zog bald in eine andere Stadt. Er starb früh, die Gefangenschaft hatte ihm zugesetzt. Gruber hatte siebenundvierzig geheiratet, gleich nachdem er wieder Arbeit hatte. Sie waren immer sehr für sich geblieben, auch als der Junge geboren wurde. Mit ihm verstand sich Gruber gut, ein aufgeweckter Junge, gleich nach dem Studium war er ins Ausland gegangen. Erst vor ein paar Jahren hatte ihn seine Firma wieder nach Deutschland versetzt.

Gruber ging ans Fenster und sah auf die Straße. Ja, es sah

eigentlich doch sehr amerikanisch aus. Das Haus gegenüber hatte eine Feuertreppe, die vom Dach bis hinunter in den ersten Stock reichte. So etwas gibt es nur in Amerika. Gruber schaltete den kleinen Fernseher ein. Es lief ein Spielfilm, den er gut kannte. Nun hörte er zum ersten Mal die richtigen Stimmen der Schauspieler. Es war sehr fremd. Gruber schaltete den Apparat aus und legte sich wieder ins Bett. Bald schlief er ein.

Am nächsten Morgen, nach dem gemeinsamen Frühstück, fuhren sie mit einem Taxi hinaus in den Vorort, in dem Mr. Hammond wohnte. Breite Straßen mit rechtwinkligen Kreuzungen, flache, weiße Häuser hinter tiefen, sanft ansteigenden Vorgärten, Garagen mit weißgestrichenen Holztoren. Gruber sah sich um. Die Straßen trugen nur Zahlen, er suchte nach der Hausnummer, aber es ging zu schnell. Außerdem wußte der Fahrer ja Bescheid. Sie hielten an.

»Fourteen Dollar«, sagte der Taxifahrer.

»Das heißt vierzehn«, sagte Gruber rasch und bezahlte. »Das verstehe ich auch.«

Als sie ausstiegen, standen ein großer schlanker Mann in Grubers Alter und eine Frau im rosafarbenen Kleid auf dem breiten Gehweg. Sie gingen aufeinander zu.

»There you are«, sagte Mr. Hammond und reichte Gruber die Hand. »But why didn't you tell me that you bring your daughter?« Gruber nahm die Hand.

»Man hält mich für Ihre Tochter«, sagte die junge Frau zu Gruber, dann begann sie zu erklären, aber Mrs. Hammond lachte auf und sagte rasch etwas zu ihrem Mann. Der lachte noch lauter.

»Ich bin nämlich Deutsche«, sagte Mrs. Hammond.

»From Cologne«, rief Hammond dazwischen. »A real Fraulein, my personal Widdergutmackung, du verstehn?« Er lachte freundlich. »Wir nix sagen in die letter, for Uberraschung.«

»Und Sie verstehen Deutsch?« fragte Gruber ungläubig.

»Surprise!« sagte Hammond. »Ick war bis fourtynine in Germany, than we came here.«

»Er konnte es einmal ganz gut«, sagte Mrs. Hammond, »ich sprach ja kein Wort Englisch, als wir uns kennenlernten.«

»Only ›cigarettes‹, ›coffee‹ and ›stockings‹«, rief Hammond. »But now come in.«

Sie traten ein und gingen durch ein großes, kühles Wohnzimmer hinaus auf eine Veranda, über die ein großer roter Schirm gespannt war.

»Wie war denn die Reise?« fragte Mrs. Hammond.

Gruber beschrieb den Flug, das Hotel und das Abendessen in Des Moines. Abwechselnd übersetzten Mrs. Hammond und die junge Frau, doch meist winkte Hammond vorher ab, er habe schon verstanden. Dann mußte Gruber von seiner Familie erzählen, von seinem Sohn, von seiner Arbeit. Er sei jetzt pensioniert, sagte er.

Hammond nickte.

Nach einiger Zeit kam ein südländisch aussehendes Mädchen und bat sie zu Tisch. »Uberraschung number zwei«, sagte Hammond, »especially for vou, Sauerkraut mit potato-Puree, I didn't believe such stuff really existed. I thought it was just a nickname for the Germans.«

Die junge Frau übersetzte. »Ja«, sagte Gruber. Er erzählte, wie man die Amerikaner genannt hatte. Dann setzten sie sich zu Tisch. Nach dem Essen schlug Hammond vor, Gruber den Garten zu zeigen. Die junge Frau wollte mitkommen, aber Gruber bat sie, im Haus zu bleiben.

»Mein flowers«, sagte Hammond. Er züchtete schlanke vielblättrige Rosen, schwarze und weiße waren darunter. Gruber kannte einige mit Namen. Hammond wunderte sich darüber.

Schließlich sagte er: »Your letter, die Brief, sehr komisch, you come over the big Teich to see me, wegen die Enola?«

»Ja«, sagte Gruber.

Hammond zog ein Photo aus der Brusttasche. Es glich dem, das man Gruber geschickt hatte. »Weathers, Ginelli, James, Brixen«, sagte er und zeigte auf die Männer. »And me.«

»Ja«, sagte Gruber. Er zog sein Photo aus der Brusttasche und hielt es neben Hammonds. »Alle tot, außer uns.«

Hammond nickte. »And now, und jetzt?«

Gruber sah Hammond an. »Es ist wegen meiner Träume«, sagte er und steckte das Photo wieder ein. »Ich träume nachts von der Enola, und wenn ich aufwache, habe ich so eine Angst. Wissen Sie, wir waren noch jung damals, ich habe das meiste vergessen. Es ist so viel passiert. Aber man darf so nicht träumen.«

»Bad dreams?« sagte Hammond.

Gruber fuhr mit der Hand über eine der Rosen. »Deshalb bin ich gekommen«, sagte er. »Sie waren in der Enola. Sie hätten mich fast einmal getötet, ich weiß nicht, warum Sie es nicht taten. Sie wissen es sicher auch nicht. Und es spielt keine Rolle, wirklich nicht. Ich wollte Sie nur sehen.«

Hammond schwieg eine Zeit. »Enola war die name von Ginelli's girl-friend«, sagte er dann, »a foxy redhead, rote Haar. Er war die Jüngste, so er durfte die name anmachen. When he was killed in die tank, Weathers, die commander, er sagt: ›Die girl hat ihm umgebracht.‹«

»Ja«, sagte Gruber.

Hammond wies auf die Rose. »My own, wie man sagt? Creation? Ick wollte ihr Enola sagen, but . . .«

»Ich verstehe«, sagte Gruber.

Da riefen die Frauen nach ihnen. Man müsse sich beeilen, sie hätten noch so viel vor. Mr. und Mrs. Hammond wollten Gruber die Gegend zeigen. Oder ob er zu müde sei?

»Aber nein«, sagte Gruber.

Sie fuhren zusammen in Hammonds riesigem Kombi über die Landstraßen. Das Land war noch weiter, als Gruber es sich vorgestellt hatte. Er sah eine Ranch mit Pferden auf der Koppel, Maisfelder, die kein Ende nehmen wollten, einen Fluß, der breiter war als alle Flüsse, die er je gesehen hatte. Auf dem Rückweg hielten sie an einem Auto-Schnellimbiß, an dem das Essen auf Tabletts an die Wagentüren gehängt wurde. Die Hammonds hatten protestiert, sie wollten ihn in ein indianisches Restaurant führen. Aber Gruber hatte lachend darauf bestanden. Als sie wieder vor Hammonds Haus ankamen, wurde es gerade dunkel. Mr. Hammond rief ein Taxi.

»Sie kommen wieder?« sagte Mrs. Hammond.

»Nein«, sagte Gruber, »als nächstes müssen Sie kommen, alle beide.« Dann verabschiedeten sie sich sehr herzlich. Mrs. Hammond weinte ein wenig. Sie sollten Deutschland von ihr grüßen.

Das Taxi brachte Gruber und die junge Frau zurück in die Stadt. Gruber saß vorne. Der Fahrer, ein Schwarzer, sang leise ein Lied, das Gruber kannte. Er summte es mit. Der Fahrer grinste ihn an.

»Nun«, fragte die junge Frau nach einer Weile, »war denn alles so, wie Sie es sich vorgestellt hatten?«

»O ja«, sagte Gruber. Die Lichter der Stadt kamen näher. Dreispurig rollten die Autos nebeneinanderher. Gruber versuchte ein anderes Lied. Der Fahrer zog die Stirn kraus. Gruber wechselte die Melodie, und die kannte der Fahrer. Sie sangen bis zum Hotel.

Der Zwillingsbruder

An Haralds fünfunddreißigstem Geburtstag eröffneten ihm seine Eltern, daß er einen Zwillingsbruder besitze, den man bei der Geburt in fremde Hände habe geben müssen.

Harald fiel aus allen Wolken. Er sagte eine Menge aufgeregter Dinge, und auf dem Gipfel der Erregung warf er eine kleine Porzellanschale zu Boden. Die Mutter saß regungslos und schweigend, während der Vater ein Weinen zu unterdrücken suchte und beständig in seinen Taschen kramte.

Schließlich trat Harald auf die Veranda und schimpfte dort weiter. Die Mutter folgte ihm rasch und zog ihn zurück ins Haus. »Du bist ein verheirateter Mann«, sagte sie. »Du hast selbst Kinder.«

»Stimmt«, sagte Harald, »und die verscherble ich nicht, sondern ziehe sie groß.«

Die Mutter begann, von den schlechten Zeiten zu sprechen und davon, daß sie noch so jung und unerfahren gewesen seien. Harald suchte nach einem Vorwurf, der alles übertreffen sollte, was er bis jetzt gesagt hatte. Da klingelte es.

»Das ist sicher Elke«, sagte die Mutter und eilte zur Tür. Sie ließ Haralds Frau ein und erkundigte sich nach den Kindern. Elke redete zehn Minuten, während Harald sich Mühe gab, ruhig zu bleiben. Nach weiteren zehn Minuten brachen die beiden auf, der Babysitter habe heute nur Zeit bis neun.

»Fahr du«, sagte Harald.

»Hast du getrunken?«

»Ja ja«, sagte Harald. Um vom Haus der Eltern in den Vorort zu gelangen, in dem ihr Haus stand, mußten sie quer durch die Innenstadt fahren. Dort sagte Harald: »Komm, wir steigen aus und trinken noch eins.« Elke war einverstanden. »Aber nur kurz«, sagte sie, wegen des Babysitters. Sie stellten den Wagen ab und gingen in ein Lokal.

»Stell dir vor«, sagte Harald, »ich habe einen Zwillingsbruder. Sie haben es einfach zugegeben. Er ist in guten Händen und weiß nichts von mir. Und die schlechten Zeiten sind an allem schuld.«

»Wie bitte?« sagte Elke.

Harald wiederholte alles.

»Ist das wirklich wahr?« sagte Elke. »Das ist ja furchtbar.«

»Wieso?« sagte Harald. »Ist mir etwas abgegangen? Eher im Gegenteil. Brüder können störend sein und Zwillingsbrüder erst recht. Außerdem lebt dieser Mensch nicht hier. Es besteht keine Gefahr, daß ich eines Morgens in die Firma komme und er sitzt an meinem Schreibtisch und diktiert meiner Sekretärin. Er wohnt weit weg, wenn die Leute ihn sehen, dann sagen sie ›Ach, das ist der Jochen‹. Es gibt überhaupt keine Probleme.«

»Heißt er Jochen?« sagte Elke.

»Ja, stell dir vor«, sagte Harald. »Er ist verheiratet und hat zwei Kinder, wie ich. Er ist Angestellter in einer Bank, und er ist genauso alt wie ich.« Er lachte. »Heute ist sein Geburtstag.«

»Was willst du jetzt machen?«

»Nichts«, sagte Harald. »Laß uns nach Hause fahren.«

Zu Hause sah Elke gleich nach den Kindern, während Harald den Babysitter bezahlte, einen jungen Mann aus der Nachbarschaft, der sich gerne mit Kindern beschäftigte.

»Wollen Sie eigentlich Lehrer werden?« fragte ihn Harald.

»Vielleicht«, sagte der junge Mann und nahm das Geld.

Harald holte eine Flasche Bier aus der Küche und setzte sich vor den Fernseher. »Ausgerechnet ein Zwillingsbruder«, sagte er, als Elke herunterkam und sich zu ihm setzte. »Ein verschollener Bruder hätte ja schon gereicht, aber es muß ja unbedingt mein Ebenbild sein.« Er trank die Flasche in wenigen Zügen leer. »Eigentlich ein Wunder, daß man uns noch nie verwechselt hat.«

»Du hast eben gesagt, daß er so weit weg wohnt«, sagte Elke. Harald nickte. Er holte noch eine Flasche Bier aus der Küche und schenkte sich an der Hausbar einen Cognac ein.

»Nicht«, sagte Elke. »Das bekommt dir nicht. Heute nacht wirst du wieder wach und mußt schwitzen.«

»Ja«, sagte Harald. Im Fernsehen begann ein Kriminalfilm, sie schauten eine Zeitlang schweigend zu. »Stell dir vor«, sagte Harald plötzlich, »ich fahre dahin und gebe mich für ihn aus. Vielleicht ist er reich, oder er ist in irgendwelche Affairen verstrickt.«

»Ich denke, er ist Angestellter, so wie du«, sagte Elke. »Arbeitet er nicht in einer Bank?«

»Ich meine ja nur.« Harald stand auf. Der Film sei eigentlich blöd. Er wolle zu Bett gehen. »Ist gut«, sagte Elke.

Am nächsten Morgen, als er sich rasierte, sah Harald lange in sein Spiegelbild. Eigentlich eine unfaßbare Vorstellung. Sollte er sich vielleicht eine schwere Verletzung beibringen, damit ihn die Narbe von seinem Zwillingsbruder unterscheide? Aber warum ausgerechnet er? Wer trug denn den rechtmäßigen Namen? »Soll er sich doch schneiden«, sagte Harald. Natürlich war das Unsinn, der andere wußte ja nichts von ihm. Das hatte jedenfalls die Mutter gesagt. Überhaupt die Eltern! Harald überlegte, ob er seine Eltern verstoßen sollte, wie sie seinen Bruder verstoßen hatten. Ist verstoßen überhaupt der richtige Ausdruck? dachte er. Wahrscheinlich nicht. Außerdem gäbe es dafür nur diesen einen Grund, sonst verstand man sich ja gut.

Harald wusch die Rasierseife aus seinem Gesicht. Vielleicht hatte ja alles unter einem Unstern gestanden. Solche Schuld mußte tief sitzen. Man denkt jeden Tag daran, und man weiß nicht, was man dagegen tun soll. Es ist unwiderruflich und zum Besten aller. Aber hätten ihn dann seine Eltern nicht verwöhnen und verhätscheln müssen, auf ihn all die Liebe laden, die dem anderen entgangen war? Er war streng erzogen worden. »Ich bringe da keine Ordnung hinein«, sagte Harald. Dann ging er ins Büro.

Gegen Mittag stand er am Fenster und sah nach draußen. Seitdem er zum Abteilungsleiter befördert worden war, besaß er in dem Großraumbüro einen eigenen Bereich an der Fensterfront, der durch Stellwände abgeteilt war, so daß niemand hineinsehen konnte. Draußen regnete es leicht. Die LKW-Fahrer fluchten, wenn sie sich aus der Fahrerkabine lehnten, um rückwärts an die Laderampen zu fahren. Es war bis in Haralds Büro zu hören. Heute wurden polnische Mastgänse geliefert, tiefgefroren, die gingen gleich weiter nach Holland. Die holländischen Fahrer waren gestern gekommen und hatten die Nacht in ihren Wagen verbracht.

Als es auf seinem Schreibtisch raschelte, drehte sich Harald um. »Ich suche die Frachtbriefe«, sagte Fräulein Uphues, seine Sekretärin, mit zitternder Stimme. Harald verwünschte ihr ewig erschrecktes Getue. ›Ich wollte nicht stören‹, sagte sie dauernd. In seinem Büro ging sie auf Zehenspitzen, und wenn er bei ihrem Eintreten nicht aufsah, stand sie eine Zeitlang wartend zwischen den Stellwänden und ging dann zurück in den Nebengang, wo in einer Ausbuchtung ihr Schreibtisch stand. Sie nannte es das Vorzimmer. Zu den Fahrern, die

Harald sprechen wollten, sagte sie ›Warten Sie bitte im Vorzimmer.‹

»Sind schon weg«, sagte Harald endlich. »Sie waren nicht da, da habe ich die Frachtbriefe dem Büroboten gegeben.«

»Ja«, sagte Fräulein Uphues. Sie sagte ›Ja‹, indem sie ruckartig einatmete und dabei einen Laut ausstieß, der wie ›Ja‹ klang. Harald war sich sicher, daß sie das aus einem Film hatte, aber nie fiel ihm ein, aus welchem. Er setzte sich an seinen Schreibtisch und sah ihr nach, wie sie hinausging. Sie setzte einen Fuß vor den anderen, ihre Hüften schwangen gleichmäßig. Zu alldem sah sie gut aus.

Bei Dienstschluß blieb Harald noch am Schreibtisch sitzen. Wenn er nicht ging, ging auch Fräulein Uphues nicht. Und wenn sie nicht pünktlich gehen konnte, verpaßte sie ihren Zug. Ich bin ein Schwein, dachte Harald. Als er sicher sein konnte, daß der Zug verpaßt war, stand er auf und nahm seinen Mantel. »Sie sind noch da?« sagte er, als er an Fräulein Uphues' Schreibtisch vorbeikam.

»Ja«, machte sie.

Sie hat es verdient, dachte Harald.

Auf dem Firmenparkplatz standen noch ein paar LKW, in denen in dieser Nacht die Fahrer schlafen würden. Harald mochte die Kabinen der großen Wagen. Wenn er fragte, ließen ihn die Fahrer hineinsehen. Sie waren mit Sorgfalt eingerichtet, besonders die der Holländer. Dort hingen Bilder von Windmühlen und Delfter Kacheln über den schmalen Betten. Einer, der Henk hieß, hatte ein gesticktes Panorama von Alt-Amsterdam über die Rückwand der Kabine gespannt. »Dit hat mein muder chemakt«, sagte er.

Harald stieg in seinen Wagen. Er hatte überlegt, ob er die Eltern besuchen sollte, aber die waren ja verstoßen, und dabei sollte es bleiben. Er fuhr nach Hause, gleich begann ein Gespräch über Kindererziehung. Seit Wochen führte Elke eine

Auseinandersetzung mit einer unverheirateten Freundin, deren Kind so alt wie Haralds Jüngster war.

»Stell dir vor«, sagte Elke, »Angelika behauptet jetzt, Kindern bis zu zwei Jahren dürfte man auf keinen Fall etwas verbieten, weil sie das hundertprozentig als Liebesentzug auffassen würden. Was sagst du dazu?«

»Na ja«, sagte Harald. Er mußte Elke in dem Streit unterstützen, andererseits war Angelika Elkes beste Freundin. Außerdem gab es Schwierigkeiten mit dem Kindergarten. »Wenn ich morgens diese Frau sehe«, sagte Elke, »möchte ich Amelie gleich wieder mit nach Hause nehmen.« Die Kindergärtnerin war streng. Sie hatte einmal ein Kind, das mutwillig Kakao verschüttet hatte, zur Strafe eine halbe Stunde draußen vor der Tür stehen lassen. Harald hatte damals einen Protestbrief der Eltern aufgesetzt und alle unterschreiben lassen.

»Zum nächsten Kindergarten sind es fünf Kilometer«, sagte er jetzt. »Ja ja«, sagte Elke. Dann gab es Abendbrot.

Als die Kinder im Bett waren, schlug Harald vor, heute noch den Speicher aufzuräumen. Elke war nicht eben begeistert, aber da sie oft darauf gedrängt und er die Arbeit mehrmals verschoben hatte, konnte sie nicht widersprechen. Also zogen sie sich um und stiegen über die Klapptreppe hinauf. Dort stand ein Dutzend Kisten und Kartons, die meisten enthielten Haralds alte Sachen, Sammlungen von Zeitschriften, technische Geräte und Sportutensilien. »Wo fangen wir an?« sagte Harald. »Bei meinem Kram?«

»Von mir aus«, sagte Elke. Sie öffnete den ersten Karton. Beide beugten sich darüber.

»Ach«, sagte Harald, »der Chemiebaukasten und alles Zubehör. Das habe ich eigens gut verpackt. Das kann später der Kleine haben.«

Elke sah ihn an und sagte etwas von Rollenprägung in der

Erziehung. »Nein nein«, sagte Harald, so habe er das nicht gemeint, außerdem wolle er vielleicht selbst einmal damit spielen. Jedenfalls könne man das nicht auseinanderreißen. Es müsse nur außen auf die Kiste geschrieben werden, was sie enthalte, damit man sie nicht immer wieder aufmache. Er ging, um einen Stift zu holen.

Als Harald nach zehn Minuten nicht zurück auf dem Speicher war, stieg Elke ihm nach. Sie fand ihn in der Küche sitzen. Er hatte den Kopf auf die Hände gestützt.

»Was ist denn?« sagte Elke.

»Ich bin doppelt«, sagte Harald. »Es gibt mich zweimal.« Elke setzte sich zu ihm und legte ihm einen Arm um die Schultern. »Ach komm«, sagte sie. »Nimm es nicht so schwer. Du kannst ja doch nichts daran machen.«

»Nein«, sagte er.

»Kommst du wieder rauf?«

»Nein.« Er stand auf und schob ihren Arm beiseite. »Laß uns ein andermal mit dem Aufräumen weitermachen.« Dann ging er ins Wohnzimmer und rief seine Eltern an. Seine Mutter meldete sich. »Ach du bist es«, sagte sie.

»Ja«, sagte Harald, und er habe noch ein paar Fragen.

Am nächsten Tag saß Harald in seinem Büro hinter dem Schreibtisch und beobachtete Fräulein Uphues, die sich an einem Aktenschrank zu schaffen machte. Er wußte, daß sie nervös wurde, wenn sie sich bei der Arbeit beobachtet fühlte. Richtig fielen ihr zwei schwere Ordner zu Boden. Sie bückte sich rasch, und dabei zog sich ihr kurzer Rock noch höher. Mit ein paar schnellen Schritten war Harald hinter ihr. Er ging in die Knie und umfaßte sie mit beiden Armen.

»Ja?« machte Fräulein Uphues.

Harald griff nach ihrem Busen und brachte seinen Mund an ihr Ohr. »Oh, Fräulein Uphues«, sagte er. »Lassen Sie uns gemeinsam weggehen. Nur weg. Einfach weg. Nur Sie und ich.«

Sie wollte sich zu ihm wenden, da preßte er sie noch fester und drückte mit seinem Kopf den ihren nach vorne. »Sagen Sie jetzt gar nichts«, flüsterte er. »Ich weiß, daß Sie es auch wollen.« Dann stand er auf und zog sie mit sich hoch, sie blieben in der gleichen Stellung. Er steckte ihr seine Zunge ins Ohr und blies kräftig hinein. Dann schlug er ihr mit der flachen Hand auf den Po. »Alles wird anders«, sagte er, ließ sie los, wandte sich rasch ab und lief aus dem Büro.

Auf dem Parkplatz stieß er nach kurzer Suche auf Henk, den holländischen Lastwagenfahrer, der gerade in das Führerhaus seines Wagens stieg.

»Tag, Henk!« rief er ihm zu. »Du fährst jetzt? Alt-Amsterdam?«

»Jau«, sagte der Holländer.

Harald nannte den Namen der Stadt, in der sein Zwillingsbruder wohnte. Die kenne er doch, oder? Und ob er nicht in diese Richtung fahre und ihn mitnehmen könne?

»Mussen Sie abhaun, Chef?« sagte der Fahrer und lachte.

»Ja«, sagte Harald. »Sie sind hinter mir her.« Der Holländer wies auf die Beifahrertür, und Harald stieg die hohen Tritte hinauf. In der Fahrerkabine roch es nach Öl und Tabak, über das Armaturenbrett war an der Beifahrerseite ein gehäkeltes Deckchen gebreitet und mit Klebestreifen befestigt. Vom Rückspiegel hingen zwei kleine Holzschuhe mit Masten und Segeln. Harald zog einen Fünfzigmarkschein aus der Tasche und reichte ihn dem Holländer. »Muß nicht jeder wissen«, sagte er. Kopfschüttelnd nahm der Fahrer das Geld und startete den Motor.

Nach etwa einer Stunde, Mittag war gerade vorüber, fuhr der Holländer von der Autobahn ab und bog in eine Schnellstraße ein, bis zu der Stadt waren es nur noch ein paar Kilometer. »Na, nu mal ehrlick«, sagte der Holländer, »wat is er an de hand?«

»Russischer Geheimdienst«, sagte Harald. »Mehr kann ich nicht sagen. Es geht um eine falsche Identität. Wenn ich die Sache nicht auffliegen lasse, bin ich dran.«

»Aaah«, sagte der Holländer und nickte schwer mit dem Kopf. Er nahm eine Hand vom Steuer und formte sie zur Waffe mit dem Zeigefinger als Lauf und dem Mittelfinger als Abzug. »Piff, piff, piff«, machte er. »Is dat so?«

»Genau«, sagte Harald.

Kurz darauf hielten sie vor dem Bahnhof der Stadt. »Daach«, sagte der Holländer, als Harald die Tür öffnete, um auszusteigen. »Auf Wiedersehen«, sagte Harald und winkte dem LKW nach. Dann sah er sich um. In einer Telephonzelle notierte er die Adresse der Bank, in der sein Zwillingsbruder arbeitete, dann suchte er vor einem Stadtplan nach der Straße, in der sein Haus lag. Es war etwas außerhalb der Stadt. Harald sah auf die Uhr. Es war kurz nach eins. Er schaute noch einmal auf den Stadtplan und prägte sich die Lage der Bank ein. Dann machte er sich auf den Weg.

Eine Stadt ohne Gesicht, dachte er, während er ging. Er war noch nie hier gewesen, von Sehenswürdigkeiten wußte er nichts, einen Fußballverein gab es, der früher einmal Meister gewesen war und der nun vor dem Abstieg stand. Vom Bahnhof aus führte die Hauptstraße langsam, dann immer steiler bergan. Zwischen den gleichmäßig hohen Geschäftshäusern gab es einzelne Bauten, die nur bis zum ersten oder zweiten Stock reichten und dort mit einem flachen Dach endeten. »Nicht wieder aufgebaut«, sagte Harald. Er war froh, daß sein Bruder in einer solchen Stadt hatte aufwachsen müssen. In der Stadt, aus der Harald kam, waren alle Häuser längst wieder aufgebaut.

Am höchsten Punkt mündete die Straße in einen Platz, an dem zwei alte Kirchen standen. Zwischen den Neubauten gab es einige alte Häuser mit Lokalen im Parterre. Harald hatte seit dem Frühstück nichts mehr gegessen, aber er wollte keine Zeit verlieren. Er schlug seinen Mantelkragen hoch und setzte eine dunkle Sonnenbrille auf. Dann betrat er das Gebäude einer großen Bank. An einem Stehpult schrieb er den Namen seines Zwillingsbruders auf ein Blatt Papier, als sei es seine Unterschrift. Er hatte es gestern abend zu Hause geübt. Mit diesem Blatt trat er vor eine Tafel mit den Unterschriften der zeichnungsberechtigten Angestellten. Dort verglich er die Schriftzüge, es war keine Ähnlichkeit zu bemerken. Also weiter, sagte er zu sich.

Auf dem Weg zur Kreditabteilung mußte er den ganzen Schalterraum durchqueren, bis er in einen separaten Trakt kam, in dem einzelne Schreibtische standen, durch Stellwände voneinander getrennt. Hinter den Schreibtischen war eine holzverkleidete Wand mit mehreren Türen. Harald hielt den Kopf gesenkt und eine Hand vor den Mund, als müsse er dauernd leicht husten. Er fand das Namensschild an einem Schreibtisch, der nicht besetzt war, trat hinter eine große Pflanze und wartete. Wenn er glaubte, jemand sehe nach ihm, ging er in die Knie, löste sein Schuhband und knüpfte es neu.

Zuerst kam eine junge Frau zu dem Schreibtisch und legte einige Papiere ab, gleich darauf verschwand sie durch eine der Holztüren. Ein Kunde erschien, wartete kurz, blickte auf die Uhr und ging wieder. Endlich trat aus einer der Türen ein Mann und nahm hinter dem Schreibtisch Platz.

Kein Zweifel, dachte Harald. Der da sieht mir ähnlich, wie aus dem Gesicht geschnitten. Zwar trug der Mann etwas kürzere Haare und nicht den blonden Schnurrbart, doch das tat wenig. Nein, dachte Harald, der da sieht mir zum Verwechseln ähnlich. Er wandte sich ab, fand einen Seitenausgang und stand kurz darauf in einer Nebenstraße. Rasch ging er zurück zu dem Platz und betrat, nachdem er ihn im Laufschritt überquert hatte, ein kleines Friseurgeschäft. Ob er ohne Termin bedient werden könne, er habe es furchtbar eilig? Der Friseur wies auf einen freien Stuhl, und Harald bat, seine Haare zu kürzen und den Schnurrbart abzunehmen.

»Sind Sie auf der Flucht?« sagte der Friseur spaßhaft.

»Nein nein«, sagte Harald. »Es ist Schizophrenie. Und mein zweites Ich geht so ungern zum Friseur. Also beeilen Sie sich.«

»Gut«, sagte der Friseur. Dann bediente er Harald schweigend.

Etwas später überquerte Harald wieder den Platz und betrat ein Bekleidungsgeschäft. »Rasch«, sagte er zu der Verkäuferin. »Holen Sie mir irgendeinen Anzug in meiner Größe, grau oder braun, und Hemd und Krawatte dazu.« Die Verkäuferin wollte etwas erwidern. »Ja ja«, sagte Harald, »ich bin in Eile. Es ist ganz egal, was Sie bringen, wenn es nur paßt.« Die Verkäuferin ging und kam mit einigen Stücken zurück. Harald ließ sie sich in die Umkleidekabine reichen, in der er sich bereits auszog. Zu einem grauen Hemd probierte er einen grauen Anzug. Er trat aus der Kabine und reichte der Verkäuferin seine alten Sachen. »Packen Sie die ein«, sagte er, »ich behalte ihn gleich an.«

»Und die Krawatte?« sagte die Verkäuferin.

»Ach, lassen Sie«, sagte Harald. »Eigentlich mag ich Krawatten nicht leiden. Ich war schon als Kind so empfindlich am Hals. Ich habe Taschentücher hinter den Kragen geschoben, damit die Hemden nicht kratzten.«

»Ach ja?« sagte die Verkäuferin. Harald zahlte und verließ das Geschäft, kam aber gleich wieder zurück. »Ein Spielwarengeschäft?« sagte er. Die Verkäuferin beschrieb ihm den Weg. Dazu mußte er die Hauptstraße wieder ein Stück hinuntergehen. Eine jämmerliche Stadt, dachte Harald, während er in Laufschritt fiel, man hätte sie wenigstens vollständig aufbauen sollen. Diese abbrechenden Häuser waren zu ärgerlich.

In dem Spielwarengeschäft kaufte Harald einige teure Sachen, die ihm gleich ins Auge fielen, eine Puppe und ein fernlenkbares Auto. Mit den Paketen beladen, lief er zu einem Taxistand, drängte sich auf die Rückbank des Wagens und gab dem Fahrer die Adresse seines Zwillingsbruders. Während sie fuhren, sah er aus dem Fenster. Sie verließen bald die Innenstadt, Felder begannen, sie überquerten eine Autobahn, es war nicht die, auf der er angekommen war.

»Dauert es noch lange?« fragte Harald.

»Wir sind gleich da«, sagte der Fahrer. Es kamen wieder Häuser in Sicht, der Fahrer bog in eine Seitenstraße und hielt in einer Neubausiedlung an. Harald zahlte, stieg aus und sah sich um. Er stand vor sechs einförmigen Reihenhäusern, darunter war die Nummer siebzehn. Harald verglich die Vorgärten, sie unterschieden sich kaum voneinander. Er ging ein paar Schritte zurück in Richtung der Hauptstraße. Vor einer Baustelle stand ein Abfallcontainer. Harald stellte die Tüte mit seinen alten Sachen dahinter. Dann ging er zu dem Haus Nummer siebzehn und drückte den Knopf unter dem Namensschild.

Drinnen gab es ein Geräusch, dann öffnete eine Frau im roten Jogginganzug die Tür. Sie sah Harald verwundert an.

»Was machst du denn hier?« sagte sie, »und wie siehst du aus?«

Harald drängte die Frau zurück, trat ein, stellte seine Pakete ab und schloß die Haustüre. Dann nahm er die Frau in die Arme, drückte sie an sich und schob seine Hände hinten in die Hose ihres Jogginganzuges. »Stell dir vor«, sagte er nahe an ihrem Ohr, »im Büro ist ein Rohr geplatzt, auf der Toilette, und alles über meinen Anzug.«

»Iiiih!« sagte die Frau und versuchte, ihn von sich zu drängen, »stinkt das denn nicht?«

»Nein nein«, sagte Harald und drückte ihren Unterleib noch fester an sich. »Das war ein Frischwasserrohr. Pitschnaß war ich, das ist alles. Ich konnte gleich gehen und mir einen neuen Anzug kaufen. Alles auf Kosten der Bank.« Er ließ die Frau los, trat einen Schritt zurück und drehte sich wie ein Mannequin. »Schick, nicht wahr?« sagte er.

»Ich weiß nicht«, sagte die Frau. »Du siehst komisch aus darin und ...«

»Unsinn«, unterbrach Harald sie. »Wo sind eigentlich die Kinder?«

»Na, oben.«

Harald nahm seine Pakete und lief die Treppe hinauf. Er öffnete eine Tür. Es war das Badezimmer. Dann kam das Schlafzimmer. Die Betten lagen auf einem kleinen Balkon über das Gitter gehängt. Dann ein Zimmer, in dem die Kinder auf dem Boden spielten. Harald ging vor ihnen in die Hocke. »Papi hat schulfrei«, sagte er. »Und das hier hat er euch mitgebracht.« Er verteilte die Pakete. Mit einem Aufschrei machten die Kinder sich ans Auspacken. Als Harald sich umwandte, stand die Frau in der Tür und sah ihn an.

»Du gehst natürlich auch nicht leer aus«, sagte er. »Das ist ein Glückstag für uns alle, wir ziehen nur Vorteile aus meinem Mißgeschick.« Er drängte die Frau aus dem Kinderzimmer und zog sie ins Schlafzimmer. »Die Bank hat natürlich pauschal bezahlt, eine großzügige Entschädigung, es war allen furchtbar peinlich. Ich brauche keine Rechnungen vorzulegen. Hier«, er zog ein paar Hundertmarkscheine aus der Tasche, »das ist für dich.«

Die Frau wollte nach dem Geld greifen, aber er zog es wieder zurück. »Na«, sagte er, »und was werden wir uns dafür kaufen, was es bis jetzt nicht geben durfte?«

»Die Spülmaschine?« sagte die Frau und versuchte wieder, nach dem Geld zu greifen.

»Ach, Spülmaschine, Spülmaschine«, sagte Harald ärgerlich. »So was Blödes. Spülmaschine meine ich nicht. Was anderes, los, was anderes!«

»Du meinst doch nicht...?«

»Ja, was meine ich?«

»Ich weiß nicht«, sagte die Frau und lachte. »Du bist so komisch heute. Ich weiß überhaupt nicht, was du willst.«

»Gib dir Mühe«, sagte Harald und zog die Frau auf das Bett. Er streifte ihr das Oberteil des Jogginganzuges über den Kopf. »Ach nicht«, sagte sie. »Die Kinder können vom Balkon...«

»Ja ja«, sagte Harald, stand auf, schloß die Balkontür und ließ die Rolläden herunter. Als er sich umdrehte, hatte die Frau die Jogginghose ausgezogen und ein kleines Licht eingeschaltet. Harald entkleidete sich rasch. »Du wirst richtig dick«, sagte die Frau. Sie saß mit angezogenen Beinen auf dem Bett. »Unsinn«, sagte Harald und wollte das Licht löschen, aber sie hinderte ihn daran.

»Du kommst mir vor wie ein anderer«, sagte sie.

»Gerede«, sagte Harald. »Manchmal sprichst du schon wie Angelika.« Er versuchte weiter, das Licht zu löschen, sie begannen ein Gerangel.

»Wer ist Angelika?«

»So eine Fernsehtante, die immer über Erziehung und Emanzipation redet.«

»Unsinn«, sagte die Frau. »Es gibt keine Angelika im Fernsehen. Sofort sagst du, wer Angelika ist.«

Endlich bekam Harald das Lampenkabel zu fassen und zog es aus der Steckdose. »Was soll das?« rief die Frau aus dem Dunkeln. Dann war Harald über ihr und begann, sie heftig zu küssen. Sie wehrte sich weiter. Als er seinen Mund von ihrem löste, schnappte sie nach Luft und machte »Huuu«. Endlich ließ sie ihn gewähren.

»Du«, sagte die Frau nach einer Weile, »was ich sagen wollte.«

»Nein nein«, sagte Harald, »bleib noch ein bißchen so. Ich komme gleich wieder.« Er stand auf. Ohne Licht zu machen, suchte er seine Kleider zusammen und drückte sich aus dem Raum. Rasch zog er sich an. Dann schaute er in das Kinderzimmer.

»Guck mal«, sagte der kleine Junge und hielt das fernlenkbare Auto hoch. »Guck mal, wie es funktioniert.«

»Ja, gleich«, sagte Harald und schloß die Türe wieder. Dann ging er auf Zehenspitzen die Treppe hinunter und verließ das Haus. Auf der Straße fiel er in Trab, seine Sachen standen noch hinter dem Container. Kaum hatte er die Hauptstraße erreicht, hielt dort ein Bus an. »Sie fahren in die Innenstadt?« sagte Harald zu dem Fahrer. »Sicher«, sagte der.

Eine Stunde später saß Harald in einem Zug, der ihn nach Hause brachte. Als er wieder auf dem Parkplatz seiner Firma stand, war es längst dunkel. Die LKW waren alle fort, morgen kämen wieder die Polen, und übermorgen müßten die Holländer wieder dasein. Harald stieg in seinen Wagen.

»Du bist aber spät«, sagte Elke, als er ins Haus trat.

»Hast du im Büro angerufen?«

»Nein. Amelie ist krank, sie hat Fieber, achtunddreißig sechs.« Elke war verärgert. »Bestimmt hat sie sich im Kindergarten angesteckt. Diese Frau achtet einfach nicht darauf, welche Kinder krank sind. Und Kinder, die krank sind, gehören nicht in den Kindergarten.«

»Fällt dir eigentlich nichts an mir auf?« sagte Harald. Elke sah ihn an. »Hast du was mit deinem Schnurrbart gemacht?« sagte sie. »Mal ist er dran, mal ist er ab. Du weißt doch, daß ich das nicht auseinanderhalten kann.«

Harald seufzte übertrieben, dann besuchte er Amelie in ihrem Zimmer. »Na«, sagte er und legte ihr eine Hand auf die Stirne. »Wenn ich gewußt hätte, daß du krank bist, hätte ich dir etwas mitgebracht.«

»Och«, sagte Amelie. »Bringst du mir morgen was mit?«

»Sicher.« Harald gab ihr einen Kuß und löschte das kleine Licht neben ihrem Bett. »Schlaf nur schön«, sagte er, »dann wirst du bald wieder gesund.«

Am nächsten Morgen, noch bevor er sein Büro betrat, entschuldigte sich Harald beim Betriebsleiter für sein Fernbleiben am Vortage. »Meine Tochter war krank, und meine Frau befürchtete etwas Ernstes«, sagte er mit gesenkter Stimme. »Ich bin dann Hals über Kopf nach Hause und habe leider vergessen, mich abzumelden.«

»Ich bitte Sie«, sagte der Betriebsleiter, »das macht doch nichts. Ich sage auch immer, die Familie geht vor. Was haben wir denn hier?« Er wies um sich. »Die Arbeit, die Wirtschaft, die Kollegen, Pläne und Termine. Heute so und morgen so. Auf nichts kann man sich wirklich verlassen. Nur die Familie, das ist ein Rückhalt.« Er stand auf, trat auf Harald zu und gab ihm die Hand. »Geht es der Kleinen denn besser?«

»Ja ja«, sagte Harald. »Und danke vielmals.« Dann ging er zu seinem Büro. Fräulein Uphues saß hinter ihrem Schreibtisch. Als sie Harald sah, stand sie auf. »Sie haben eine neue Frisur«, sagte Harald und blieb vor ihr stehen.

»Ja«, machte sie.

»Kürzer«, sagte Harald. »Sie sehen unternehmungslustig aus, richtig keck, gefällt mir gut.«

»Herr Mendler«, sagte Fräulein Uphues.

»Nein nein.« Harald schaute sich um und legte einen Finger auf den Mund. »Sagen Sie nichts. Ich muß Sie in ein Geheimnis einweihen, das auch Sie angeht. Vorausgesetzt, Sie können schweigen. Können Sie schweigen?«

Sie nickte.

»Hören Sie zu.« Er flüsterte, so daß sie sich zu ihm vorbeugen und ihm ein Ohr zuwenden mußte. »Ich habe einen Zwillingsbruder«, sagte er, »ich habe es erst vor ein paar Tagen erfahren, an meinem fünfunddreißigsten Geburtstag. Stellen Sie sich vor, einen Zwillingsbruder! Meine Eltern haben ihn bei unserer Geburt weggegeben. Ich wußte all die Jahre nichts von ihm. So etwas ist ein Schock, das kann ich Ihnen sagen.«

»Oje«, sagte Fräulein Uphues.

»Es kommt noch schlimmer«, sagte Harald, »ich habe nämlich Grund zu der Vermutung, daß dieser Mensch, der mir vollkommen ähnlich sehen soll, sich aus purem Mutwillen in mein Leben mischt. Nicht auszudenken, was da passieren kann.« Er trat einen Schritt zurück. Fräulein Uphues hatte sich hingesetzt und sah ihn entgeistert an. »Also«, sagte Harald wieder in normaler Lautstärke, »wenn Ihnen einmal etwas Ungewöhnliches auffallen sollte, reden Sie mit niemandem darüber, mit niemandem außer mir. Versprechen Sie mir das?«

»Ja«, machte sie.

Ballon über der Landschaft

Ein Schrebergarten würde nicht zu mir passen, dachte Kortschläger und lehnte sich etwas weiter über den Zaun. Ordentlich sah das aus, sicher, doch lächerlich zugleich, nebenan lag wieder so ein Garten; und daneben wieder einer. Kortschläger setzte die Fußspitzen in den Zaun und stieg daran hoch. Er sah nichts als Schrebergärten. Dann sprang er herab und rieb seine Hände an der Jacke.

Auf der anderen Seite des Kanals, an dem breiten Hafenarm, standen die alten Fabriken- die Lagerhäuser und die gedrungenen Kräne. Schiffe legten dort nicht mehr an, jetzt übten Ruderer den Start, Kortschläger hörte die Kommandos des Steuermanns. Links ging der Weg weiter, zwischen dem Zaun zu den Schrebergärten und dem betonierten Ufer des Kanals, in dem rostige Poller steckten und das von Unkraut überwuchert war. In diese Richtung verließ der Kanal die Stadt, Kilometer wären es bis zum nächsten Ort. Rechts ging es zurück in die Stadt.

Kortschläger setzte sich auf einen Poller und schaute zu der Brücke, die kurz vor der Hafeneinfahrt den Kanal überspannte. Darunter schwammen ein paar Kinder im Wasser und warfen einander einen großen gelben Ball zu. Wenn Fußgänger über die Brücke gingen, riefen die Kinder etwas hinauf, und die Fußgänger warnten sie vor den Frachtkähnen.

Vor einer halben Stunde war wirklich ein Frachtkahn stadtwärts in der Biegung des Kanals erschienen, einen halben Kilometer entfernt, und die Kinder waren kreischend aus dem Wasser geklettert. Gleich als der Kahn vorbei war, stürzten sie wieder hinein und schwammen in den hohen Wellen. Es war ein heißer Tag im September, und Kortschläger, ein Mann um die Dreißig, vertrieb sich die Zeit.

Am Morgen hatte Anke, Kortschlägers Freundin, damit begonnen, ihre Sachen aus der gemeinsamen Wohnung zu holen. Seit Tagen lebte und schlief sie nicht mehr dort, und der Termin des Auszugs stand schon fest, als sie die Wohnung zum letzten Mal verlassen hatte. Dennoch konnte sich Kortschläger nicht an den Gedanken gewöhnen, und dabeizusein hätte er nicht ertragen. Ganz früh am Morgen war er, ohne zu frühstücken, aufgebrochen, und seitdem war er durch die Stadt gezogen, bis es ihn gegen Mittag zum Kanal verschlagen hatte. Hier saß er nun, langsam begann er Hunger zu spüren.

Kurz hintereinander fuhren einige kleine Motorboote vorbei, und da die Kinder das Wasser nicht verließen, wurden die warnenden Rufe der Passanten drängender; eine Frau schien sogar etwas hinunterzuwerfen. Kortschläger mißfiel die Szene, er wußte nicht, warum. Entschlossen stand er auf, wandte sich vom Kanal ab und schlug den Weg ein, der neben dem Gelände der Schrebergärten einbog und rechtwinklig vom Wasser wegführte. Hier wurde es bald angenehm kühl und schattig, rechts standen die Hecken und hohen Büsche der Gärten, und von links beugten sich die Kronen großer alter Bäume über den Weg.

Weinen, dachte Kortschläger, während er so ging, könnte ich nie. Sicher war furchtbar, was da mit ihm geschah, aber ein Risiko hatte es immer gegeben. Das Leben war so. Ein Unglück, sagte er sich, ist es eigentlich nicht. Nenne ich es ein Unglück, so wird mir irgendwann das Wort fehlen, wenn ich es viel dringender brauche. Freilich wußte er nicht, wie es nun weitergehen sollte. Sogar das Banalste war noch ungeklärt. Die Wohnung würde er alleine nicht halten können, und so rasch würde er eine kleinere nicht finden. Vielleicht sollte er einen Untermieter aufnehmen, wenigstens für den Übergang. Himmel, was für Überlegungen! dachte er.

Inzwischen hatte Kortschläger das Ende des Weges erreicht. Er stand vor einem schönen alten Bauernhaus; ein Gutshaus könnte man es nennen, dachte er. Um seine Mauern waren weiße Kieselsteine gestreut, aus denen Efeu wuchs und die Steine verdeckte. Eine niedrige geschwungene Mauer säumte das Grundstück, und zu beiden Seiten des Eingangstores saßen verwitterte Steinlöwen mit erhobener Pranke. Auf den Fensterbänken des Gutshauses blühten rote Blumen und überwucherten ihre Töpfe. Zwischen dem Gutshaus und einer Scheune hindurch sah Kortschläger in einen Garten, der an einen Wald grenzte. Dort standen, weit entfernt und kaum zu erkennen, ein weißer Tisch und weiße Stühle, drei oder vier hellgekleidete Personen schienen daran zu sitzen. Das Haus lag ganz still.

Kortschläger überkam eine Lust, das Grundstück zu betreten, den Garten zu durchqueren und sich den Herrschaften vorzustellen. ›Gestatten, meine Damen, meine Herren‹, würde er sagen, ›Kortschläger, Doktor Reiner Kortschläger. Ich habe gerade Ihr herrliches Anwesen bewundert, bin selbst fremd in der Gegend und nur auf der Durchreise. Ich fürchte zu stören, aber ich wollte nicht vorbeigehen, ohne meine Genugtuung auszudrücken über soviel Sinn für das Schöne, soviel Stil, soviel Eleganz.‹

›Ach‹, würde einer der Herren sagen und sich erheben. ›Wollen Sie nicht Platz nehmen? Sie kommen sicher von weit her und können uns von noch viel größeren Sehenswürdigkeiten berichten. Ihr Lob ehrt uns um so mehr, als wir in

Ihnen einen Kenner vermuten dürfen. Machen Sie uns das Vergnügen.‹

Kortschläger sah den Leuten noch ein wenig zu, sie saßen unbeweglich in der Sonne, vielleicht tranken sie Kaffee, aus der Entfernung war es nicht zu erkennen. Dann schlug er den Weg ein, der rechts an dem Gutshaus vorbeiführte, Bäume und Hecken verstellten nun den Blick in den Garten.

Oder ein Reiter könnte mir begegnen, dachte Kortschläger, ein Reiter, der sein Pferd verloren hat. Seine Reithosen sind weiß und die Flecken darauf ganz deutlich. Er humpelt ein wenig und sieht zu Boden, wenn er an mir vorbeigeht. ›Das Pferd läuft schon alleine nach Hause‹, würde er murmeln, als ich ihn ansprechen will. ›Ich bin ganz in Ordnung.‹ Kortschläger schüttelte den Kopf.

Vor einer Wiese blieb er stehen. Ein elektrischer Draht war in Kniehöhe an den Zaunpfählen befestigt, und der Apparat, der ihn speiste, machte tackende Geräusche. Die Wiese war leer. Kortschläger berührte den Draht ganz kurz mit einem Finger und bekam einen leichten Stromstoß. Dann ging er weiter, bog hinter der Wiese in einen schmaleren Feldweg und ging, bis er müde wurde. Er legte sich auf den Rücken ins Gras und schloß die Augen.

Wenn ich hingegen, dachte er, was mir jetzt zustößt, ein Unrecht nenne, wäre nichts gewonnen. Dabei verließ Anke ihn wirklich zu Unrecht, denn daß er nicht so lebte, wie sie es gerne wollte, war nicht seine Schuld. Gewiß, sagte sich Kortschläger, ich bin arbeitslos, ich bin nicht mehr ganz jung, ich habe mein Herz an die falschen Dinge gehängt und den Zug der Zeit verpaßt. Aber trage ich die Schuld an allen Umständen, die gegen mich waren? Ist es meine Schuld, wenn ich kein Glück habe, im falschen Moment am falschen Ort bin und das Rechte nur um eine Minute verfehle? Nein, das war keineswegs seine Schuld zu nennen. Doch mit dem Wort

Unrecht war nichts gewonnen. Kortschläger wollte weitergehen.

Als er die Augen öffnete, sah er einen rotgelben Ballon, der nicht hoch und nicht weit von ihm regungslos über der Landschaft zu stehen schien. Kortschläger prüfte, ob denn kein Wind wehe; es war nicht genau zu sagen. Natürlich wird sich der Ballon bewegen, dachte er, nur eben sehr langsam. Ich hatte ihn die ganze Zeit im Rücken und sah ihn nicht. Nun hat er mich überholt. Kortschläger beschloß, dem Ballon zu folgen. Rasch erhob er sich, klopfte trockenes Gras von seinen Sachen und machte sich auf. Querfeldein ging er, nicht schnell, aber mit großen Schritten, in Richtung des Ballons. Er sah, daß er ihm näherkam, doch es ging langsamer, als er gedacht hatte. Vielleicht gibt es mehr Wind in den höheren Luftschichten, sagte er sich. Und konnte nicht, wenn man nur weiter aufstieg, der Wind sogar drehen?

Nach einer halben Stunde war Kortschläger noch immer weit entfernt von dem Punkt, über dem der Ballon stand. Einige Weidezäune und ein kleiner Bach hatten ihm den Weg versperrt und Zeit gekostet. Auch schien es Kortschläger, als hätte er mehrmals die Richtung ändern müssen; das konnte freilich eine Täuschung sein. Doch sein Vorhaben aufzugeben kam ihm nicht in den Sinn. Er beschloß, in einen langsamen Trab zu fallen.

Nach weiteren zwanzig Minuten hatte er endlich die Stelle erreicht, auf die der Ballon seinen ovalen Schatten warf. In diesem Schatten schritt Kortschläger nun, und jetzt konnte er die Geschwindigkeit des Ballons ermessen. Er hatte große Freude daran, schon von weitem die Hindernisse auszumachen, auf die der Schatten zusteuerte und die er, ihm folgend, würde überwinden müssen. Noch immer gab es nur Wiesen und Zäune, niedrige Gräben, kreuzende Wege, Getreidefelder, die abgeerntet waren, und Kartoffelfelder mit kniehohen

Blättern. Hin und wieder zog der Schatten über eine Scheune, dann lief Kortschläger voran und nahm ihn an der anderen Seite wieder in Empfang.

Nach einer Stunde erreichten sie eine kleine Ortschaft. Zunächst war eine Landstraße zu kreuzen, das bereitete keine Schwierigkeiten, aber dann, zwischen den ersten Häusern, verlor Kortschläger den Ballon einige Male kurz aus den Augen. Endlich war der Weg von einer langen Häuserzeile verstellt, und er wußte nicht, ob er sie rechts oder links umlaufen sollte.

Ich gebe nicht auf, dachte Kortschläger. Ich habe vor zwei Stunden Hunger gehabt und nichts gegessen. Jetzt klebt mir die Zunge am Gaumen, und ich trinke nicht. Er sah eine Frau eines der Häuser verlassen, winkend lief er auf sie zu, und sie blieb, die Klinke noch in der Hand, regungslos stehen. Mit ein paar Worten drückte Kortschläger sich an ihr vorbei in den Flur, in dem es kalt und dunkel war und an dessen Ende er durch eine offene Tür in den Garten fand. Den durchquerte er, und der Ballon stand über ihm. Am Ende des Gartens stieg er über einen Zaun und durchlief wieder einen Garten und ein Haus und war auch schon in der Parallelstraße. Er atmete auf. Gegenüber lag nur ein großes Gebäude, sicher eine Schule, umgeben von Schulhöfen und Sportplätzen, und durch die hindurch gewann Kortschläger, der seinem Ballon nacheilte, rasch das freie Feld.

Als er das Zentrum des Schattens wieder erreicht hatte, konnte sich Kortschläger dort in leichtem Spazierschritt halten. Der Wind in den höheren Luftschichten muß nachgelassen haben, dachte er. Vielleicht rührt ja alles Unheil daher, daß ich zu großen Leidenschaften nicht in der Lage bin. Vielleicht hätte ich alle Unstimmigkeiten und alle Meinungsverschiedenheiten geringachten können, wenn ich in einer großen Leidenschaft gelebt hätte. Und alles wäre aus Leidenschaft geschehen. Kortschläger dachte an Liebende in Spielfilmen, von deren Beruf man nichts erfuhr, nichts von ihrer Familie oder ihrer Vergangenheit. Ob sie später ein ruhiges Leben führten? Er schüttelte den Kopf. Ein unsinniger Gedanke!

Dann plötzlich war es geschehen, beinahe hätte Kortschläger es nicht bemerkt. Der Ballon stand in der Luft, eindeutig war es am Schatten zu erkennen, der ruhig auf dem Boden lag. Kortschläger sah nach oben. Die Sonne blendete, doch er glaubte das Gesicht eines Mannes zu erkennen, der sich über den Korbrand beugte.

»Sie! Hallo! Fangen Sie!« rief es, und dann fiel ein Seil herab und entrollte sich, bis das Ende vor Kortschläger in der Luft tanzte. Er fing es und zog daran. Die Kraft des Ballons war darin zu spüren, aber auch, daß er langsam und stetig zur Erde niedersank. Bald sah Kortschläger ganz deutlich den Mann in dem Korb. Er trug eine Mütze mit Schirm hinten und vorne, ein großkariertes Jackett und eine Brille mit dunklen Gläsern. Schon war er so nahe, daß Kortschläger seine Gesichtszüge erkennen konnte. Es war ein älterer Mann mit kurzem grauem Bart und hagerem, faltigem Gesicht. »Schnell!« rief der Mann. »Binden Sie das Seil an den Baum dort drüben.«

Kortschläger ging mit dem Seil in die Richtung, aus der sie gekommen waren, und in einigen Dutzend Metern Entfernung band er es um einen kurzen, verkrüppelten Baum. Es straffte sich, als der Ballon weiter zu Boden sank. Kortschläger blieb stehen und beobachtete das Schauspiel. Eine Leidenschaft könnte man für das Ballonfahren entwickeln, dachte er, es ist unabhängig vom Alter, vom Beruf, von Glück und Unglück. Er wunderte sich, daß der Mann diese Ballonfahrt alleine unternahm, vielleicht war es die Regel. Langsam ging er auf die Stelle zu, wo der Ballon aufsetzen würde.

»Kommen Sie schneller!« rief der Mann aus dem Korb. »Sie müssen helfen! Kommen Sie!« Kortschläger lief nun. Der Korb des Ballons berührte fast den Boden, als der Mann an einer Leine zog und ein ohrenbetäubender Lärm entstand. Der Ballon hielt inne, stieg ein wenig und verharrte dann wenige Meter über der Erde.

»Sie schickt mir der Himmel«, sagte der Mann. »Ich habe ein Problem. Sie verstehen mich doch?«

»Ja ja!« sagte Kortschläger nach oben.

»Also passen Sie auf! Ich nehme an einem Wettflug teil, verstehen Sie? Über Land, über sehr große Entfernungen. Leider habe ich etwas sehr Wichtiges vergessen. Ich muß unbedingt telephonieren. Eine furchtbare Situation, aber ein Anruf könnte alles klären.«

»Und was soll ich tun?« sagte Kortschläger.

»Sie müssen den Ballon in der Schwebe halten«, rief der Mann hinunter. »Wenn er zusammenfällt, bekomme ich ihn alleine nicht in die Luft. Sie kennen sich aus mit Heißluftballons?«

»Nein«, sagte Kortschläger.

»Das macht nichts. Es ist sehr leicht. Kommen Sie!« Mittlerweile war der Ballon wieder gesunken. Der Mann wies auf eine Strickleiter, die über den Korbrand hing. »Wenn Sie das Ende fassen können, klettern Sie herauf.« Kortschläger gehorchte, und oben angelangt, packte ihn der Mann nicht ohne Kraft bei den Schultern. »So«, sagte der Mann, als Kortschläger neben ihm stand. Er wies nach oben auf eine metallene Apparatur. »Das ist der Brenner für die Heißluft. Sie ziehen nur an dieser Leine, und der Ballon steigt. Das ist schon alles. Sie machen das, wenn der Ballon sinkt. Aber immer nur für einige Sekunden. Zählen Sie dabei bis fünf, höchstens bis zehn. So bleiben Sie in der Schwebe. Bei dieser Hitze ist es leicht, in der Schwebe zu bleiben. Nur nicht zu lange ziehen, haben Sie verstanden, sonst wirft Ihnen das Seil den Korb um.«

»Ich weiß nicht«, sagte Kortschläger.

»Ach was!« sagte der Mann. »Sie können das. Es ist kein Problem. Ich bin nur einige Minuten weg. Achthundert Meter von hier ist ein Bauernhof, da wird es Telephon geben. Ich brauche fünf Minuten für den Weg, dann das Telephonat, fünf Minuten zurück, vielleicht auch zehn, im ganzen keine halbe Stunde. Da kann überhaupt nichts passieren. Glauben Sie mir!«

Kortschläger schwieg. Der Mann sah ihm in die Angen. »Was ist nun?« sagte er.

»Wenn Sie wiederkommen, nehmen Sie mich mit?«

Der Mann zog die Stirne kraus. »Das wollen wir sehen«, sagte er unwillig. Dann lachte er. »Halten Sie nur aus. Sie schaffen das schon.« Er kletterte über den Korbrand und sprang auf den Boden.

»Los!« rief er. »Ziehen Sie jetzt einmal kurz!« Kortschläger umfaßte die Leine und zog sie, es donnerte und dröhnte in seinen Ohren, dabei zählte er bis fünf. Der Ballon begann, sachte zu steigen.

»Ausgezeichnet«, rief der Mann von unten. »In höchstens einer halben Stunde bin ich wieder da.« Mit kurzen, schnellen Schritten ging er querfeldein davon.

Kortschläger sah sich in dem Korb um. Auf dem Boden stand ein kleiner, abgewetzter Koffer, daneben lagen schwarze Kästen mit goldenen Scharnieren und Schlössern. Die enthalten bestimmt die nautischen Instrumente, dachte Kortschläger. Eine gefütterte Jacke mit Kapuze war an einen Haken gehängt, und eine aufgerissene Tüte mit belegten Broten lag neben einer großen Plastikflasche Mineralwasser. Kortschläger spürte wieder Hunger. Ein Brot, dachte er, ist doch die angemessene Belohnung für meine Dienste. Er nahm eines, biß hinein und öffnete die Wasserflasche. Er wischte den Hals mit seiner Manschette ab und trank. Das Wasser war zu warm.

Nachdem er gegessen und getrunken hatte, beugte er sich über den Korbrand und sah nach unten. Seit er die Leine gezogen hatte, schien der Ballon nicht mehr gesunken zu sein. Vielleicht war er leichter als der Mann. Oder es hatte Aufwind eingesetzt. Was weiß ich von solchen Dingen? dachte Kortschläger. Ich bin Historiker, Doktorarbeit über mittelalterliches Lehnsrecht. Man könnte es sich leichtmachen. Das Ballonfahren beruht auf einfachen Naturgesetzen. Heiße Luft steigt nach oben. Und das ist vielleicht schon alles. Kortschläger zog die herabhängende Leine und zählte langsam bis fünf. Als das Dröhnen und Donnern verstummte, bemerkte er deutlich, wie der Ballon anstieg. Er zog noch einmal. Das Seil straffte sich, und der Ballon beschrieb einen Viertelkreis, bis er senkrecht über dem Baum stand, an den er gebunden war.

Kortschläger genoß den Ausblick. Beinahe ließ sich der Weg überschauen, den er genommen hatte. Vor den Kirchtürmen der Stadt glänzte der Kanal in der Sonne. Bis dort reihten sich Felder und kleine Gehölze, Wege kreuzten, vereinzelt standen Häuser, etwas rechtsab lag die kleine Ortschaft. Gelb waren die Felder und grün die Wiesen und blau der Himmel. Noch immer war es heiß, aber der Ballon warf seinen Schatten über den Korb. Kortschläger betrachtete die Konstruktion, an der das Halteseil verknotet war. Weiter würde er nicht aufsteigen können, ohne den Ballon vom Boden zu lösen.

Kortschläger dachte an Anke. Sicher war sie jetzt dabei, die Schränke und Schubladen nach Kleinigkeiten zu durchsuchen, die sie noch mitnehmen wollte. Nimm nur, was du willst, hatte Kortschläger gesagt. Er wiederholte es. »Wir wollen uns über kein Stück streiten«, rief er über die Landschaft.

»Die Dinge können nichts für unser Unglück. An mir allein hat es gelegen. Ich habe den Erwartungen nicht entsprochen, aber ich trage keine Schuld.« Er senkte die Stimme. »Nein«, sagte er, »von Schuld kann keine Rede sein.« O ja, er würde Anke vermissen, wenn er nach Hause käme und die Wohnung leer fände. Einen Moment stellte er sich die Szene so vor, als wären die Zimmer von Einbrechern durchwühlt, die Möbel umgestoßen und die Schubladen herausgerissen. Natürlich würde es so nicht sein.

Kortschläger setzte sich in eine Ecke des Korbes, legte den Kopf in den Nacken und sah in die Hülle hinein. Da war nun die heiße Luft und drückte das Tuch nach oben, mit soviel Kraft, daß sie Menschen hinaufziehen konnte. An der Hülle hing mit Seilen der Korb, und der war an einen Baum gebunden. Kortschläger fühlte Tränen in seine Augen steigen. Nichts würde sein wie vorher, die Zukunft war dunkel. Er stand auf und zog an der Leine des Brenners. Der Ballon bewegte sich, und das Halteseil brachte den Korb in Schräglage. Kortschläger versuchte, den Knoten zu lösen, aber es ging nicht, er hatte sich zu fest gezogen.

»Was in Teufels Namen machen Sie da?« schrie es in diesem Moment. »Lassen Sie die Hände von dem Seil! Hören Sie? Nicht das Seil berühren!« Kortschläger beugte sich über den Korbrand. Unten stand der Ballonfahrer und winkte hinauf. »Kommen Sie herunter!« rief er und machte Handbewegungen. »Kommen Sie wieder herunter!«

»Das wird dauern«, rief Kortschläger zurück. Er nahm die Brennerleine in die Hand. »Ich habe eben noch gezogen und dabei bis fünf gezählt.«

»Nein!« rief der Mann. »Nicht ziehen! Sie sind zu hoch. Der Korb liegt schon schräg.«

»Ich weiß«, sagte Kortschläger. »Eine unmittelbare Folge der Naturgesetze.«

»Was sagen Sie?« schrie der Mann. »Ich verstehe Sie nicht. Sie werden den Korb umkippen!«

Kortschläger zog kurz an der Leine, ein Feuerstrahl schoß in die Hülle und erlosch gleich wieder.

»Warum machen Sie das?« rief der Mann. »Warum zum Teufel machen Sie das?« Er trat heftig mit dem Fuß auf den Boden.

»Ich weiß nicht«, rief Kortschläger. »Ich habe keine Schuld an den Umständen. Sie haben mich in diese Situation gebracht. Sie tragen die Verantwortung.«

»Gut gut!« rief der Mann und hob beschwichtigend beide Hände. »Reden wir darüber in aller Ruhe. Sie haben vielleicht Schwierigkeiten, nicht wahr? Die haben wir alle. Sehen Sie, das Ballonfahren ist ein schöner Ausgleich. Vielleicht wollen Sie, daß ich Sie mitnehme. Aber ich muß Sie warnen, wir haben eine lange Reise vor uns. Hier ist sogar neuer Proviant.« Er hielt eine braune Tüte hoch.

»Nein«, rief Kortschläger. »Meine Freundin hat mich verlassen. Ich kann nicht mehr nach Hause. Nicht einmal mit einem Ballon.« Er lachte. Der Mann lachte zurück. »Das sagen Sie!« rief er hinauf. »Vielleicht doch! Es würde Eindruck machen.«

»Nein«, rief Kortschläger. »Nicht auf Anke. Wir trennen uns, weil ich ihren Ansprüchen nicht genüge. Eine Ballonfahrt würde nichts wettmachen. Anke ist nicht so. Ihr imponiert nur das große Ganze.« Er machte eine Handbewegung.

Inzwischen war der Ballon so weit gesunken, daß die beiden ihre Stimmen nicht mehr erheben mußten. Der Mann ging nervös auf und ab. »Ach was«, sagte er, »lassen Sie es einmal darauf ankommen. Kennen Sie Santos-Dumont, den verrückten Ballonfahrer aus Brasilien?«

»Nein«, sagte Kortschläger.

»Also«, sagte der Mann, »hören Sie zu, der startete morgens mit einem kleinen Ballon von seinem Balkon, in Paris, im sechsten Stock. Und dann fuhr er zum Frühstück in ein Café auf den Boulevards. Nach dem Frühstück machte er Damenbesuche, mit dem Ballon. Was sagen Sie dazu?«

»Hier ist nicht Paris«, sagte Kortschläger.

»Sie haben keinen Humor«, sagte der Mann und klatschte in die Hände. Der Ballon war noch weiter gesunken, das Seil hing durch und lag schon einige Meter auf dem Boden. »Mit Humor geht alles leichter«, sagte der Mann. »Eine Liebe, die in die Brüche geht, das ist natürlich ein Unglück. Aber Sie sind noch jung. Wie alt sind Sie eigentlich?«

Kortschläger antwortete nicht. Da stürzte sich der Mann auf das Seil, zog es zu einem schräg aus dem Boden ragenden Pfahl und wickelte es hastig darum. Dann lief er auf den Ballonkorb zu, und mit einem Sprung erreichte er die Strickleiter. Kortschläger zog an der Brennerleine, der Ballon stieg, aber das verkürzte Seil spannte sich gleich, und schon legte der Mann seine Hände über den Korbrand. Kortschläger wich zurück, als er sich zu ihm hineinschwang. Der Mann hob beruhigend die Hände.

»Haben Sie keine Angst«, sagte er. »So ein Ballon ist eine heikle Sache, man muß sich auskennen, sonst ist schnell ein Unglück passiert.«

»Es tut mir leid«, sagte Kortschläger.

»Keine Ursache.« Der Mann prüfte den Sitz einiger Leinen, dann hantierte er kurz an dem Brenner. »Wenn wir nahe genug am Boden sind, werden Sie aussteigen, nicht wahr?«

Kortschläger nickte.

»Gut. Und dann lösen Sie bitte das Seil. Zuerst von dem Pfahl, dann vom Baum. Haben Sie verstanden?« Er zeigte in die Richtung der Stadt. »Dort«, sagte er, »hinter dem ersten kleinen Wald liegt der Bauernhof. Sie können da telephonieren. Rufen Sie sich ein Taxi.«

»Ich bin den ganzen Weg bis hier gelaufen«, sagte Kortschläger, »bis ich in seinem Schatten war.« Er wies auf den Ballon.

»Ich weiß«, sagte der Mann. »Ich habe Sie von oben gesehen. Viele tun das, wenn der Ballon langsam fährt.« Er lächelte. »Aber Sie waren ganz besonders ausdauernd. Das muß ich sagen.« Dann schaute er über den Korbrand. »Sie können jetzt aussteigen«, sagte er.

Kortschläger schwang sich über den Rand und sprang. Er landete weich, in den Knien federnd. Rasch löste er das Seil zuerst vom Pfahl, dann vom Baum.

»So ist es gut«, sagte der Mann und zog das Seil zu sich hoch. Dann betätigte er den Brenner. Kortschläger zählte bis fünf, bis zehn, der Ballon stieg sehr schnell, und der Mann darin wurde kleiner, er winkte hinunter, und Kortschläger winkte zurück. Schon nahm der Ballon Fahrt auf, und Kortschläger sah seinen Schatten über die Felder ziehen. Er sah ihm lange nach, dann wandte er sich zur Stadt zurück und ging los.

Ein Jäger könnte mir begegnen, dachte Kortschläger, als er den Weg gefunden hatte, ein Jäger, der die Spur eines lange gejagten Tieres verloren hat. Das Gewehr hält er noch im Anschlag, so als glaube er nicht, daß die Gelegenheit ihm entgangen ist. Seine Jägermontur ist zerrissen, durch Gebüsch und Unterholz muß er dem Tier gefolgt sein. An seiner Schläfe klebt etwas Blut. Und als ich ihn fragen will, was für ein Tier das sei und was ihn treibe, es zu jagen, da winkt er nur ab und bedeutet mir, ganz still zu sein.

Die Modellbahn

Von seinem Onkel, der als Witwer und kinderlos gestorben war, erbte Günter ein hübsches Siedlungshaus mit einem großen, etwas verwilderten Garten und einer riesigen Modelleisenbahn im ersten Stock. Ein paar Tage nach dem Begräbnis besichtigten er, seine Frau Rita und der Rechtsanwalt das Haus. Beim Gang durch Parterre, Keller und Garten sprach Günter von der Zeit, da er noch klein gewesen war und den Onkel öfter besucht hatte, um die Züge fahren zu sehen. Später sei die Verbindung lose geworden, und er schäme sich, der alleinige Erbe zu sein.

»Machen Sie sich keine Gedanken«, sagte der Anwalt. »Ihr Onkel hat sicher gewollt, daß es in der Familie bleibt.«

Sie gingen jetzt hinauf und in den kleinen Flur des ersten Stocks, von dem vier Türen abgingen. Eine führte in ein enges, etwas unsauberes Bad. Die anderen waren so umgebaut, daß sie sich zum Flur hin öffnen ließen. Als sie das erste Zimmer betraten, sahen sie den Grund dafür. Der Raum war bis auf einen kleinen Bereich hinter der Tür mit einer hüfthohen Platte ausgefüllt, auf der die Modellbahn gebaut war. Am Rand der Platte, auf niedrigerem Niveau, waren Schalttafeln mit Dutzenden von Lampen, Hebeln und Knöpfen angebracht, davor stand ein abgewetzter alter Drehstuhl. Das zweite und dritte Zimmer sahen ebenso aus.

»Meine Güte«, sagte Rita, als sie im dritten Zimmer standen. »Warum denn drei Anlagen?« Günter schüttelte den Kopf, sagte aber nichts.

»Sie irren sich«, sagte der Rechtsanwalt. »Es ist eine einzige Anlage. Schauen Sie!« Er wies auf die Zwischenwand. Sie war bis fast unter die Decke durch ein Gebirge verkleidet, an zwei Stellen verschwanden die Schienen in Tunneln. »Dort fahren sie hinein. Kommen Sie!« Er verließ das Zimmer und ging voraus in den Nebenraum. An der anderen Seite der Wand war ein ähnliches Gebirge, in das wieder zwei Tunnel führten. »Und hier kommen sie wieder heraus«, sagte der Rechtsanwalt. »An der andern Seite ist es genauso.«

»Hat er wirklich die Wände durchgeschlagen?« sagte Rita.

»Nur an einigen Stellen. Die Löcher sind nicht größer als eine Faust. Das können Sie mit etwas Gips wieder füllen. Dazu brauchen Sie nicht einmal einen Maurer.«

»Das muß hier möglichst schnell raus«, sagte Rita und sah Günter an.

»Natürlich«, sagte er. Dann wandte er sich zu dem Rechtsanwalt. »Wissen Sie, wie man es in Gang setzt?«

Der Rechtsanwalt lachte. »Die Eisenbahn?« sagte er. »Nein nein. Ich war höchstens drei- oder viermal hier. Ich spiele nicht mit so was.« Günter probierte einen der Knöpfe, nichts rührte sich. »Wahrscheinlich ist der Strom abgedreht«, sagte er. »Es muß einen Hauptschalter geben.«

»Ich möchte jetzt gehen«, sagte Rita.

Zusammen stiegen sie hinunter. Der Rechtsanwalt verabschiedete sich. »Schön, daß Sie hier einziehen werden«, sagte er. »Können Sie es schnell einrichten?«

Günter nickte. »Nein«, sagte er dann. »Ich meine, wir sind gerade erst umgezogen, wir haben vor drei Monaten geheiratet, und wir müssen uns an die Kündigungsfrist halten.«

»Gut«, sagte der Rechtsanwalt. »Von juristischer Seite ist ja alles geregelt. Wenden Sie sich an mich, wenn Sie Schwierigkeiten haben.« Er reichte beiden die Hand und ging. Günter setzte sich auf die unterste Treppenstufe.

»Du hast nie viel von deinem Onkel erzählt«, sagte Rita. »Also wenn ich gewußt hätte, daß du Verrückte in der Verwandtschaft hast!« Sie öffnete eine kleine Abstellkammer und holte ein Einmachglas hervor, das halb mit einer rötlichen, von Schimmelpilzen überwucherten Masse gefüllt war. »Iiiih«, sagte sie.

»Stell es zurück«, sagte Günter. »Wir haben genug zu tun.« Er zeigte nach oben. »Wollen wir es uns noch einmal ansehen?«

»Bitte«, sagte Rita. »Ich möchte wirklich gehen.« Sie brachen auf.

Ein paar Tage später kam Rita nach Hause und berichtete aufgeregt von einem Arbeitskollegen, der gerne in ihre Wohnung ziehen würde, es müsse aber gleich sein, am besten schon nächste Woche.

»Du weißt, daß das nicht geht«, sagte Günter.

»Warum eigentlich nicht? Du haust dieses Zeug aus den Zimmern, und wir stellen erst mal die Möbel hin. Renovieren kann man dann immer noch.«

»Du bist nicht gescheit«, sagte Günter wütend. »Hast du eigentlich noch gar nicht begriffen, was er uns da hinterlassen hat?«

»Du willst doch nicht mit diesem Schwachsinn weitermachen?« sagte Rita. »Das ist ja der reinste Scheidungsgrund.«

»Unsinn.« Günter öffnete einen kleinen Sekretär und holte einige bunte Kataloge hervor. »Schau dir das an«, sagte er und blätterte vor Rita eine Seite auf. »So eine kleine Lokomotive kostet fast zweihundert Mark. Und auf der Anlage stehen Dutzende Lokomotiven, dazu die Anhänger und das ganze Zubehör. Da steckt ein Vermögen drin. Der Mann hat für nichts anderes Geld ausgegeben, mindestens dreißig Jahre lang.«

»Das ist doch alles alt«, sagte Rita. »Und gebraucht.«

»Ich weiß nicht«, sagte Günter, »man wird es sicher verkaufen können.«

»Dann nimm halt die Eisenbahnen herunter. Wäre ja nicht schlecht, ein paar Mark dafür zu bekommen.«

»Das ist nicht so einfach«, sagte Günter und schloß die Kataloge wieder in den Sekretär. »Schau, wer weiß, ob ich da etwas Wertvolles kaputtmache. Ich muß erst einen Fachmann fragen.«

»Wenn wir nächste Woche ausziehen können, sparen wir zwei Monatsmieten«, sagte Rita. »Ob dein Spielzeug soviel bringt, weiß keiner.«

Sie redeten noch einige Zeit. Schließlich willigte Rita ein, zuerst ins Parterre zu ziehen und die Möbel, die nicht hineinpassen würden, vorläufig in den Keller zu stellen. Günter versprach dafür, gleich nach dem Abbau der Anlage den ganzen ersten Stock zu renovieren.

Schon eine knappe Woche später standen sie im Haus des Onkels zwischen Umzugskisten und zerlegten Möbeln. Wohnzimmer und Küche ließen sich gleich einrichten. Das Schlafzimmer schlugen sie im dritten Parterre-Zimmer auf. Es war etwas beengt.

»Eigentlich geht es ganz gut«, sagte Günter und legte sich auf eine Matratze.

»Das Schlafzimmer kommt nach oben«, sagte Rita. »Wann wirst du dich erkundigen?«

»Ich bin völlig kaputt«, sagte Günter.

Rita trat zu ihm ans Bett und ließ sich auf ihn fallen. »Wenn ich dich beim Spielen mit der Eisenbahn erwische, reiche ich die Scheidung ein«, sagte sie und blies ihm ins Ohr. Er schüttelte sich und versuchte, sie abzuwehren, aber sie hielt ihn fest und setzte sich auf seine Brust. »Und dann bekomme ich die Hälfte des Hauses. Das Haus ist nämlich Zugewinn.«

»Gut«, sagte Günter und lachte. »Dann bekommst du die untere Hälfte und ich die obere.« Mit einem Ruck machte er sich frei und warf sich auf Rita. Sie rauften, bis sie vor Anstrengung keuchten. Dann schliefen sie miteinander.

Spätabends, als alles vorläufig untergebracht war, bemerkte Rita, daß sie etwas in der alten Wohnung vergessen hatte. Sie müsse unbedingt noch einmal zurückfahren. »Beeil dich«, sagte Günter, dann nahm er eine Dusche, fand in einer der Kisten im Schlafzimmer einen frischen Schlafanzug und stieg hinauf zu der Eisenbahnanlage. Er schaltete im ersten Zimmer das Licht ein und setzte sich auf den Drehstuhl, um alles in Ruhe zu betrachten.

Unmittelbar hinter dem Rand der Platte und oberhalb des Schaltpultes lag ein großer moderner Bahnhof mit einer Reihe parallellaufender Gleise, die an beiden Enden in zwei Schienensträngen zusammenliefen. Die führten an den Wänden entlang und trafen sich erst wieder bei den Tunneln, die durch das Gebirge und die Wand zum Nebenzimmer führten. Zu den anderen Wänden hin stieg die Anlage sanft an, und die Gleise lagen gut sichtbar an den Hängen. Am Rand der Platte war ein bedruckter Pappstreifen an die Wände genagelt, auf dem die Landschaft sich wie in einer Kulisse fortsetzte. Der Pappstreifen verdeckte die Fensterbank des einzigen Fensters. Es hatte eine graue Spanngardine und sah blind und schmutzig aus.

Inmitten des Schienenrunds lag eine Stadt mit einem Kern aus hohen, schmalen Fachwerkhäusern, die um eine Kirche und einen Platz mit einem Brunnen standen. Vom Stadtkern zum Bahnhof führte eine breite Straße mit modernen Gebäuden. Die Fassaden waren mit Reklameschildern bedeckt, und hinter die großen Glasfenster waren bedruckte Papierstreifen geklebt. Hunderte kleiner Figuren bevölkerten die Bürgersteige. Sie standen an Ampeln, vor Schaufenstern und Litfaßsäulen und an den Marktständen auf dem Platz vor der Kirche. Günter sah ein Brautpaar und Festgäste und eine Kutsche mit weißen Pferden. Auf den Bahnsteigen drängten sich die Reisenden, aus den Bahnhofstüren strömten sie ins Freie. Die Straßen waren voller Autos, in der Nähe des Bahnhofes standen sie Stoßstange an Stoßstange. Eine Reihe gelber Taxis wartete dort, und an der Güterabfertigung wurden Lastwagen beladen.

Günter suchte nach einer freien Stelle auf der Platte, auf die er sich aufstützen konnte. Dann beugte er sich weit vor, um besser sehen zu können. Hinter dem Stadtkern begannen Reihen gleichförmiger Siedlungshäuser. Vor einem kleinen Geschäft standen Frauen mit Einkaufstüten. Eine Feuerwache lag am Rande der Siedlung, mit roten Feuerwehrautos davor in Reih und Glied. Dann kam noch ein Bauhof mit aufgestapelten Ziegeln und gelben Lastautos, dahinter begann Ackerland, das bis zu den Schienen reichte. Traktoren mit Heuwagen fuhren zwischen den Feldern. Auf einem stand Korn und wurde gerade gemäht.

Günter schwang sich aus den Armgelenken zurück und setzte sich wieder hin. Eine Menge Arbeit steckt darin, dachte er. Dann suchte er wieder nach dem Stromschalter. Er versuchte mehrere Knöpfe, und endlich gingen die kleinen Lichter auf dem Schaltpult an. Er drehte einen der elektrischen Regler, deren Zeiger auf der Null in der Mitte einer Skala standen. Tatsächlich setzte sich ein Personenzug vor dem Bahnhof in Bewegung. Zu schnell, dachte Günter und drehte den Regler zurück, um den Zug besser beobachten zu können. Der schwenkte auf das Hauptgleis ein, aber die letzten Wagen hatten den Bahnhofsbereich noch nicht verlassen, da bog die Lok in ein abzweigendes Gleis, das nach kurzer Strecke vor einem Prellbock endete. Günter stellte den Regler zurück auf Null und bewegte ihn vorsichtig in die entgegengesetzte Richtung. Wirklich fuhr der Zug rückwärts aus dem toten Gleis heraus, doch als er wieder in das Parallelgleis einschwenken wollte, fiel der letzte Wagen um und riß alles mit sich.

Günter stellte den Regler auf Null. Er nahm die Lok und die Wagen und baute sie wieder an der Stelle auf, an der sie zuerst gestanden hatten. Dann suchte er nach dem richtigen Schalter für die Weiche. Alle Schalter trugen Zahlen, und die Zahlen waren in einen Gleisplan eingetragen, der an der Türe hing. Aber Günter fand sich nicht zurecht, und daher probierte er alle Schalter, bis sich die Weiche an dem toten Gleis mit einem leisen Klicken umstellte und der kleine Arm an der Signaleinrichtung sich aufrichtete. Ganz langsam ließ er den Zug wieder vorwärts fahren. Der verließ jetzt den Bahnhof, passierte noch einige Bahngebände und schwenkte dann in die große Kurve ein, die ihn an der Zimmerwand entlangführte. Eine Bahnschranke, vor der einige Autos und Figuren standen, schloß sich, als er herankam, und öffnete sich wieder hinter ihm. Bald war der Zug an der gegenüberliegenden Wand. Noch eine Kurve, dann verschwand er in dem Tunnel unter dem Gebirge.

Günter stellte den Regler auf die kleinste Geschwindigkeit und ging ins Nebenzimmer. Als er das Licht einschaltete, sah er, wie der Zug auf einer Brücke über einen breiten Fluß fuhr und schon auf den Tunnel in der nächsten Wand zuhielt. Günter sah Schlepper in einem Hafen liegen und Fabriken mit schmutzigen Ziegelmauern und hohen Schornsteinen am Ufer des Flusses. Rasch löschte er das Licht und lief in den dritten Raum. Aber er kam zu spät. Gleich hinter dem Tunnel war der Personenzug auf einen Schienenbus aufgefahren, der vor einem kleinen Bahnhof gestanden hatte. Alle Wagen und die Lok waren umgestürzt, und es schien Günter, als seien ein paar der Figuren auf dem Bahnsteig oberhalb ihrer Füße abgeknickt.

»Verdammt«, sagte Günter laut. Der kleine Bahnhof war zu weit vom Plattenrand entfernt, um die Wagen wieder aufzustellen. Wie hatte der Onkel solche Unglücke vermeiden können?

Günter sah nun diesen Teil der Anlage genauer an. Fast alles war noch im Bau. Bis auf den kleinen Bahnhof und einige verstreute Bauernhäuser war die Platte leer, und an einigen Stellen sahen Pappmaché und Gips hervor. Anderswo waren Grundrisse aus Papier mit Stecknadeln befestigt. Ganz vorne liefen die Schienen sogar über die rohe Holzplatte, und mit Bleistift waren neue Abzweigungen und eine Reihe sternförmig ausgerichteter Gleise eingezeichnet.

Günter ging zurück in das erste Zimmer und schloß die Tür hinter sich. Neben dem großen Schaltpult für die Züge und Weichen gab es noch ein kleines, unter dessen Knöpfen nur Buchstaben standen. Hierfür schien es keinen Plan zu geben. Günter drückte den ersten Knopf. Nichts geschah. In diesem Moment hörte er die Haustüre schlagen. Er stand auf, schaltete das Licht im Zimmer aus und wollte den Raum verlassen, als er bemerkte, daß ein Schimmer durch die Fenster einer Kapelle fiel, die hinter Bäumen am Fuße des Gebirges stand. Ein paar Sekunden dauerte es, dann schlug eine kleine Glocke in der Kapelle einige Male hell an.

Im Dunkeln tastete Günter nach den übrigen Knöpfen und drückte einen nach dem anderen. Zuerst wurden das Bahnhofsgebäude und die Gleisanlagen davor erhellt, dann gingen die Straßenlampen in der Stadt und in der Siedlung an, und schließlich flammte Licht auf hinter den Fenstern der Häuser. Rund um den Bahnhof leuchteten Reklameschilder und Normaluhren, und aus einem Schuppen kam ein rötlicher Schein.

Günter schaute lange über die Anlage, dann ging die Tür auf, und Rita stand hinter ihm.

»Meine Güte«, rief sie. »Was ist das denn?«

»Das ist Nacht«, sagte Günter. »Alle Lichter brennen. Ich würde dir gerne zeigen, wie die Züge fahren, aber alles ist sehr kompliziert. Sieh her«, er wies auf die Schalter für die Weichen, »da muß alles stimmen, sonst gibt es gleich ein Unglück.«

Rita war schon wieder aus der Tür. »Um so schneller sollte das alles verschwinden«, sagte sie von der Treppe her. »Und wenn du mich suchen solltest, ich bin im Bett.« Günter schaute noch einmal über die erleuchtete Stadt. Dann schaltete er langsam alle Lichter aus, schloß die Tür und ging hinunter.

Am nächsten Morgen fuhr Günter in die Stadt. In einem Spielwarenladen fragte er, ob man gebrauchte Eisenbahnteile zurückkaufe. Nein, hieß es, da müsse er sich an ein Spezialgeschäft wenden. Man nannte ihm eine Adresse, Günter bedankte sich. Eine halbe Stunde später stand er in einem kleinen Geschäft mit altmodischer Theke. Rings an den Wänden lagen farbige Kartons in Regalen, die bis zur Decke reichten. Einige Lokomotiven und Waggons standen in einer staubigen Vitrine neben der Theke. Von der Decke herab hing an einer dünnen Schnur eine Styropor-Kugel, die von einem kleinen Gleis umspannt war, auf dem eine winzige Lok mit winzigen Wagen fuhr, so daß sich die Kugel sanft im Kreise neigte. Der Inhaber des Ladens sprach mit einem älteren Mann, der sich nicht für eine bestimmte Kupplung entscheiden konnte.

»Sie ist besser«, sagte der Kunde. »Das ist keine Frage. Aber wenn ich einen Satz habe, will ich alles umstellen, und dann sitze ich Wochen daran.«

Der Händler zuckte die Schultern. »Die meisten rüsten jetzt um«, sagte er.

»Gut«, sagte der Kunde. »Ich probiere es. Aber wenn es zuviel Arbeit ist, lasse ich es.«

»Sehen Sie.« Der Händler steckte ein paar kleine Kartons in eine Plastiktüte. »Wir verrechnen es mit der Lok«, sagte er und wandte sich Günter zu. »Was kann ich für Sie tun?« Günter fragte wieder, ob er gebrauchte Eisenbahnteile verkaufen könne.

»Das kommt sehr darauf an«, sagte der Händler und zog die Stirn kraus. »Sehen Sie, früher oder später wollen alle ihre Einsteiger-Modelle wieder loswerden. Das sind dann nur Ladenhüter, uninteressant für die Profis. Und wer einsteigt, der kauft meistens ein Set.« Er zog einen größeren Karton aus dem Regal und legte ihn auf die Theke. Loks, Waggons und Schienen lagen hinter durchsichtigem Kunststoff in den Ausbuchtungen eines Schaumstoffeinsatzes. »Alles da«, sagte der Händler. »Aufbauen und ab geht die Post. Wenn Sie ernsthaft weitermachen, können Sie in spätestens einem Jahr nichts mehr damit anfangen.«

»Ich weiß nicht«, sagte Günter. »Es ist nicht meine Anlage. Sie gehörte meinem Onkel, der gestorben ist. Es ist eine sehr große Anlage, er hat viele Jahre daran gebaut.«

»Wie heißt Ihr Onkel?«

»Schilling«, sagte Günter.

Der Händler schlug sich mit der Hand an die Stirn. »Er ist tot«, sagte er laut. »Mein Gott!« Dann reichte er Günter die Hand. »Mein herzlichstes Beileid«, sagte er. »Ich habe ihn gekannt, Ihren Onkel, gut gekannt. Man kann fast sagen, wir waren befreundet. Mindestens einmal die Woche ist er gekommen. Ich hatte mich schon gewundert. ›Wo nur Schilling bleibt?‹ habe ich gesagt. So ein Unglück! Wie ist es denn passiert?«

»Ein Herzschlag«, sagte Günter. »Es kam ganz plötzlich.«

»Und er ist am Ende schon begraben?«

Günter bejahte. »Es tut mir leid, daß wir Ihnen keine Einladung schicken konnten. Wir wußten ja nicht, daß Sie befreundet waren.«

»Ach ja, vielleicht ist befreundet auch zu viel gesagt. Ich werde sein Grab besuchen. Der arme Schilling, wann war er zuletzt hier? Sehen Sie, ich weiß es schon nicht mehr. Ist das nicht furchtbar?«

»Ja«, sagte Günter. Jedenfalls sei er froh, jemanden gefunden zu haben, der die Anlage kenne und wisse, was die Sachen noch wert seien.

»Nicht ganz«, sagte der Händler. »Ich habe die Anlage lange nicht mehr gesehen. Ich weiß ungefähr, was er bei mir gekauft hat, aber Ihr Onkel war oft unterwegs. Und er erzählte nie viel.«

»Und wenn ich alles herunternehme und zu Ihnen bringe?« sagte Günter. »Wir ziehen in das Haus, und die Anlage muß schnell weg.«

Der Händler kam hinter der Ladentheke hervor und nahm Günter beim Arm. »Tun Sie das nicht«, sagte er. »Sie könnten die Dinge beschädigen. Ich weiß nichts Genaues, aber Ihr Onkel hat ein Vermögen in die Anlage gesteckt. Es gibt wertvolle Teile darunter, Sammlerstücke, Sie als Laie erkennen das nicht.« Er zog Günter vor die Vitrine und wies auf eine grüne Elektrolok. »Das berühmte Krokodil«, sagte er. »Von der gibt es hundertmal mehr Modelle als Originale, und längst nicht alle sind wertvoll. Dieses ist wertvoll. Sie erkennen es nicht, ein Fachmann sieht es sofort.« Er zog Günter wieder zur Theke zurück. »Wissen Sie was, ich mache Ihnen einen Vorschlag. Ich komme zu Ihnen und sehe mir alles genau an. Ich mache Ihnen einen fairen Preis. Lassen Sie mich ruhig mit der Anlage allein. So etwas braucht seine Zeit. Sie haben dann die wenigste Arbeit und können ganz sicher sein.«

»Macht das nicht zuviel Umstände?« sagte Günter.

»Keine Umstände«, sagte der Händler und begleitete Günter zur Tür. Er gab ihm eine Karte mit seiner Anschrift und Telephonnummer. »Rufen Sie mich an, wenn Sie Zeit haben. Ich kann jederzeit den Laden schließen und zu Ihnen herüberkommen. Ich kenne die Adresse.«

»Sehen Sie«, sagte Günter, als er dem Mann die Hand reichte, »gestern abend war ich einen Moment versucht, die Anlage zu behalten. Es war so schön, als alle Lichter angingen. Aber es wäre ja grotesk.«

»Sehr richtig«, sagte der Händler. »Sie brauchen den Platz zum Leben. Das halbe Haus. Wo käme man da hin?«

»Muß er wirklich kommen?« sagte Rita am Abend, nachdem Günter ihr von seinem Besuch erzählt hatte. »Ich finde das komisch.«

Das sei Unsinn, sagte Günter ärgerlich. Es beschleunige die Angelegenheit, und sie wolle doch auch eine saubere Lösung.

»Ist schon gut«, sagte Rita.

Günter trat hinaus in den Garten. Er ging über den Rasen zu dem kleinen Verschlag am Ende des Gartens, in dem ein paar alte Geräte und ein Handmäher standen. Von dort schaute er über den Zaun in die anderen Gärten, dann wieder zurück zum Haus. Hier ist noch viel zu tun, wenn es schön werden soll, dachte er. Man könnte an die Stelle des Verschlages ein offenes Gartenhäuschen bauen, um darin im Sommer Kaffee zu trinken. Platz war genug dafür. Es könnte weiß sein mit Kletterrosen an den Pfeilern. Günter beschloß, Kataloge zu besorgen, dann ging er zurück ins Haus. Rita war in der Küche. Er stieg in den ersten Stock und betrat den dritten Raum, wo am Vorabend der Zug entgleist war. Dort versuchte er noch einmal, die umgestürzten Wagen und Loks zu erreichen; es ging nicht.

Günter überlegte. Sollte er vorsichtig auf die Platte steigen? Der Unterbau schien stabil, aber es mußte die Oberfläche beschädigen. Schwer vorstellbar, daß der Onkel so hatte arbeiten müssen. Da fiel Günter ein rechteckiges Kornfeld hinter dem kleinen Bahnhof auf, um das herum er einen schmalen Spalt in der Platte bemerkte. Sofort glaubte er, die Konstruktion zu verstehen. Er ließ sich rasch auf die Knie herab, kroch zwischen den Stützbalken hindurch unter die Platte und fand den Schalter für ein kleines Licht, das den niedrigen Raum erhellte. Staub lag auf dem Boden. Über die Unterseite der Platte liefen Kabelstränge, die mit kleinen, bunten Steckern und Buchsen verbunden waren. Die Stellen, an denen sie durch die Platte stießen, trugen Markierungen in verschiedenen Farben. Vorsichtig kroch Günter bis zur gegenüberliegenden Wand. Er fand vier Riegel und schob sie zurück, mit der linken Hand hielt er das lose Plattenstück, und als es freikam, legte er es auf den Boden. Die Aussparung war gerade groß genug, um sich darin aufrichten zu können. Günter stand langsam auf, er befand sich hinter dem kleinen Bahnhof, fast drei Meter von dem Schaltpult und der Türe entfernt.

Günter schüttelte den Kopf. Zuerst wollte er die entgleisten Loks und Wagen wieder auf die Schienen stellen, aber als ihm einfiel, daß er sie vielleicht nicht würde zurückfahren können, steckte er sie vorsichtig in seine Hosentaschen. Dann ging er langsam in die Knie, bis nur sein Kopf über der Platte hervorsah und er flach über die Anlage schauen konnte.

Das Gelände fiel in Richtung des Schaltpultes und der Türe sanft ab. Um den kleinen Bahnhof herum lagen fast nur Felder, es wurde geerntet, Tiere wurden auf eine Weide getrieben. Weiter links, an einer Nebenstrecke, machten Gleisarbeiter eine Arbeitspause, und vor einem Schuppen am Ende der Strecke stand eine sehr gedrungene, rußige Lok. Rechts begannen schon die schroffen Felsen des Gebirges, und in der Mitte versperrte der kleine Bahnhof den Blick auf die Stellen, an denen noch das Holz der Platte hervorgesehen hatte. Günter tauchte noch weiter hinunter und setzte das Kornfeld wieder ein. Dann kroch er hervor und löschte das Licht unter der Platte. Er wollte in das erste Zimmer gehen, um dort nach den unterirdischen Zugängen zu suchen, als es an der Haustüre schellte.

»Laß nur, ich gehe schon«, rief Rita aus der Küche. Günter lehnte sich über das Treppengeländer und sah hinunter. Als die Haustür geöffnet wurde, stand ein Mann auf den Stufen, die hinab in den Vorgarten führten. Von seiner Position aus sah Günter nur den unteren Teil eines grauen Mantels, schwarze Hosen und alte, graue Schuhe.

»Feldheim«, sagte der Mann. »Spreche ich mit der Frau des Neffen von Herrn Schilling?«

Rita bejahte.

»Ich möchte nicht stören«, sagte der Mann. »Ihr Onkel, das heißt der Onkel Ihres Mannes, Schilling und ich, wir waren bekannt, ein wenig, wissen Sie.« Der Mann stieg eine Stufe höher. »Nicht direkt befreundet. Um es genau zu sagen, wir hatten gemeinsame Interessen. Die Modellbahn, verstehen Sie.«

»Kommst du mal bitte«, rief Rita nach oben. Günter wartete ein paar Sekunden, dann stieg er die Treppe hinab. Der Mann mochte im Alter seines Onkels sein. Er sah nicht schäbig aus, nur sehr unauffällig. Sicher ist er Witwer, dachte Günter. Der Mann reichte ihm die Hand. »Feldheim«, sagte er. »Ich darf Ihnen und Ihrer Frau zunächst mein herzliches Beileid zu dem Todesfall aussprechen.«

»Danke«, sagte Günter. Dann ging ihm ein Gedanke durch den Kopf. »Sie wissen es von dem Besitzer des Modellbahn-Geschäftes«, sagte er. »Sie haben es eben erst erfahren, und Sie sind gleich gekommen?«

Der Mann nickte nur und steckte die Hände in die Manteltaschen. »Ich bin Rentner«, sagte er. »Man hat dann nicht mehr viele Interessen. Ich mache fast jeden Tag dieselbe Runde. Eine Gewohnheit aus der Zeit mit dem Hund.«

»Kommen Sie doch herein«, sagte Rita. »Sie trinken sicher einen Kaffee?«

»Vielen Dank«, sagte der Mann und trat ein. Günter half ihm aus dem Mantel. »Wir haben es noch etwas beengt hier«, sagte er, »wir können Sie nur in die Küche bitten.« Rita wollte etwas erwidern, aber Günter warf ihr einen Blick zu.

»Ja ja«, sagte der Mann, »ich weiß, die Anlage, eine ungeheure Konstruktion. Ein wahres Monstrum, nicht wahr?«

»Sie haben sie also schon einmal gesehen?«

»Nein nein«, sagte der Mann, »gesehen in dem Sinne nicht, jedenfalls lange nicht mehr. Schilling sprach davon, wissen Sie, wir tauschten Erfahrungen, Technisches, neue Typen und so weiter.«

Rita stellte Tassen auf den Tisch, Milch, Zucker und löslichen Kaffee. »Es ist noch nicht alles ausgepackt«, sagte sie.

»Das macht nichts.« Der Mann zog eine kleine Schachtel aus der Tasche und legte eine bläuliche Tablette neben seine Tasse. »Das Herz«, sagte er. »War es bei Ihrem Onkel auch das Herz?«

»Ja«, sagte Günter. Rita goß heißes Wasser in die Tassen. »Sie sind gekommen, um sich die Anlage anzusehen, nicht wahr?«

»So dürfen Sie das nicht sagen!« Der Mann trank von seinem Kaffee und nahm dabei die Tablette. »Ich wollte zuallererst mein Beileid aussprechen.«

»Aber Sie hätten nichts dagegen«, sagte Günter und stand auf. Rita sah ihn fassungslos an, er war schon auf dem Weg zur Tür. »Kommen Sie«, sagte er. Der Mann folgte ihm. Sie stiegen die Treppe empor, und Günter öffnete die Tür zum ersten Zimmer. Der Mann drängte sich an ihm vorbei hinein, blieb einen Moment stehen, ging dann vor ans Schaltpult, stützte die Arme auf die Kante der Platte und beugte sich über die Anlage. Er sagte nichts. Günter trat von hinten an ihn heran. »Hier«, sagte er, holte die Lok und die Waggons aus seinen Hosentaschen und reichte sie dem Mann. »Stellen Sie sie auf!«

Der Mann nahm vorsichtig die Modelle in Empfang und besah sie. »Sie wissen nicht, welche Schätze Sie da mit sich herumtragen«, sagte er und hielt die Lok empor. »Das ist die preußische P 8 von der Firma Tebra, ein seltenes Stück. Die können Sie für dreihundert Mark bei einer Auktion ansetzen, und wenn Sie Glück haben, bekommen Sie das Doppelte.« Er setzte die Lok vorsichtig auf die Schienen vor dem großen Bahnhof und hängte die Waggons an.

»Und jetzt lassen Sie sie fahren«, sagte Günter.

Der Mann schaltete den Strom ein und studierte kurz das Schaltpult. »Nein nein«, sagte er dann, »das geht nicht so einfach. Wissen Sie, jeder hat sein eigenes System. Das ist nicht so leicht zu durchschauen.«

»Lassen Sie sie fahren«, sagte Günter. »Einmal durch alle Zimmer und wieder zurück. Ich schenke Ihnen die Lok, wenn Sie es schaffen.«

»So sollten Sie nicht reden«, sagte der Mann. Dann sah er wieder über die Anlage. Er breitete die Arme aus. »So etwas finden Sie heute kaum noch. Man baut jetzt kleine Stücke, nicht größer als Apfelsinen-Kisten.« Er zeigte das Format mit den Händen. »Die haben eine Schiene in der Mitte und können endlos zusammengesetzt werden. Letzte Woche waren sie in der Stadthalle, Leute aus der ganzen Welt, eine Art Verein, wissen Sie. Die treffen sich und stecken ihre Teile zusammen. Dutzende Meter geradeaus, riesige Kurven, und Bahnhöfe, Bahnhöfe, sage ich Ihnen! Dann machen sie Fahrpläne mit Computern. Ich war da. Es war nicht zu glauben.« Er schüttelte den Kopf. »Ihr Onkel wollte davon nichts wissen.«

»Hat der Händler Ihnen gesagt, daß er mir helfen will, hier alles abzubauen?« fragte Günter.

»Ja ja.« Der Mann schaute noch immer über die Anlage.

»Hören Sie mir zu?«

»Ja. Tun Sie das nur. Hören Sie auf ihn. Kamphausen versteht etwas davon.«

»Wenn es dunkel wäre«, sagte Günter, »könnten wir die Lichter einschalten.«

Der Mann wandte sich um. »Ich muß jetzt gehen«, sagte er, »es war sehr freundlich von Ihnen, mir alles zu zeigen.«

»Und die anderen Räume«, sagte Günter, »wollen Sie die nicht sehen? Der letzte ist noch im Bau.«

»Danke«, sagte der Mann. Dann nahm er Günter beim Arm. »Schauen Sie da«, sagte er und wies auf einen kleinen Traktor, der jenseits des Schienenstrangs und weitab von der Stadt auf einem Feld stand. Günter beugte sich vor. Hinter dem Traktor lag die kleine Figur eines Mannes. Sie streckte die Arme in die Luft. Ihr linkes Bein war in der Mitte durchtrennt, Unterschenkel und Fuß lagen in einem roten Farbfleck unter dem Traktor. Eine zweite Figur lief in die Richtung der Gleise. Sie schwang ein Tuch oder eine Fahne.

Günter richtete sich auf. »Das ist makaber«, sagte er.

Der Mann zuckte die Schultern. »Ich finde den Weg«, sagte er. Günter begleitete ihn hinunter bis zur Türe. Dann ging er in die Küche, wo Rita die Tassen abspülte. »Du hast recht«, sagte er. »Alles, was mit dieser Anlage zu tun hat, ist irgendwie komisch.«

»Der Mann war doch nett«, sagte Rita. »Oder wollte er dir billig etwas abschwatzen.«

»Nein«, sagte Günter. Er überlegte, ob er Rita von dem Traktorunfall erzählen sollte. Dann sagte er: »Ich war heute im Garten. Wir sollten ihn schön herrichten, noch in diesem Sommer. Ich dachte an ein Gartenhaus, wo jetzt der alte Verschlag steht. Was hältst du davon?«

»Erst muß das Haus fertig sein«, sagte Rita. »Wann kommt dieser Händler?«

Günter machte eine Handbewegung. »Ich sage ja, ich muß ihn nur anrufen, wenn ich Zeit habe. Er kommt dann sofort.« Darauf ging er eine Weile im Haus umher, setzte sich für eine Minute in einen Sessel auf der Veranda und stieg schließlich wieder hinauf in das erste Zimmer. Kurz tastete er unter der Platte, dann fand er das Licht. Er kroch unter die Anlage und suchte nach einem Schacht, um aufzutauchen. Es gab mehrere, mindestens drei. Ohne genau zu wissen, wo er sich befand, löste Günter wieder die Riegel und hielt eine kleine Gärtnerei mit Beeten und Treibhäusern in der Hand. Es waren noch Kabel zu lösen, dann konnte er sie beiseite stellen und den Kopf hinausstrecken.

Er fand sich wieder, wo die Stadt an die Siedlung grenzte. Über eine Häuserreihe hinweg konnte er in die Mitte der Stadt sehen, auf den Marktplatz vor der Kirche. Die Zahl der Einzelheiten war erschlagend, aber Günter wollte sich nicht irremachen lassen. Planvoll suchte er die Straßen ab. Endlich sah er auf dem Marktplatz eine kleine Figur, die einen gelben Eimer in den Brunnen leerte. Der Strahl war ein durchsichtiger Streifen Kunststoff. Der winzige Eimer trug das Zeichen für Radioaktivität.

»So«, sagte Günter und suchte weiter. Ein Auto hatte ein Fahrrad angefahren. Der Radfahrer saß auf dem Boden, Passanten standen um ihn. Im Hof einer Werkstatt war eine schwere Maschine umgefallen und hatte einen Arbeiter unter sich begraben, niemand sonst war auf dem Hof. Drei Kinder hockten über Straßenbahnschienen und legten Steine hinein. Ein Schornsteinfeger war vom First eines hohen Hauses gerutscht und hatte sich mit dem Fuß in einer Antenne verfangen. Ein Maler stürzte von einem Baugerüst.

Günter wandte sich zu der Siedlung. Einbrecher stiegen gerade durch ein Kellerfenster. Kinder auf Fahrrädern fuhren durch ein Blumenbeet. Ein am Straßenrand geparktes Auto wurde aufgebrochen. Über einen Gartenzaun hinweg schlugen sich zwei Männer mit Stangen. Jemand machte sich an den Reifen der Feuerwehrautos zu schaffen.

Günter tauchte wieder unter und kroch aus der Anlage hervor, ohne das fehlende Stück einzusetzen. Er stieg die Treppe hinunter und setzte sich ins Wohnzimmer. Aus der Küche kamen Geräusche, sicher änderte Rita die Ordnung in den Schränken. Günter stellte sich vor, daß sie lange hier wohnen würden. Das Haus lag günstig, es war nicht allzuweit zur Arbeit, Platz genug für Kinder war auch. Für Kinder war so ein Haus ideal. Und statt des Gartenhäuschens könnte man einen Spielplatz anlegen, vielleicht sogar beides. Er würde dann in dem Häuschen sitzen und den Kindern beim Spielen zusehen. Sicher kämen ihre Freunde, deren Eltern keinen Garten hätten. Und gab es nicht schöne große Eisenbahnen für den Garten? Bei dem Händler hatte er eine gesehen. Die würde man für die Kinder aufbauen.

Günter saß lange und schaute vor sich hin. Rita kam ein paarmal herein und sagte, was sie als nächstes tun werde und ob er damit einverstanden sei. »Sicher«, sagte Günter. Als es endlich dunkel war, stieg er wieder in das erste Zimmer, schloß die Tür, schaltete die Lichter der Anlage ein und kroch zu seinem Beobachtungsstand.

Es war überwältigend schön. Die Fenstervierecke leuchteten, und die Straßenlaternen warfen die Schatten der Figuren auf das Pflaster. Günter senkte den Kopf so weit, daß er in eines der Fenster blicken konnte. Es war eine kleine Küche. Ein Mann stand da und schlug eine Frau mit einem Gegenstand. In einem Büro im Haus nebenan lag ein Mann quer über einem Schreibtisch in einer Blutlache. In einer Praxis untersuchte ein Arzt in weißem Kittel eine Frau mit entblößtem Oberkörper. Hinter einem Paravent stand jemand und beobachtete die Szene. Durch ein großes Dachfenster sah Günter in ein Atelier. Ein Photograph hatte das schwarze Tuch der Kamera über sich geworfen. Auf einem roten Bett lagen zwei nackte Mädchen mit Zöpfen und gespreizten Beinen.

Günter schloß für einen Moment die Augen. Dann wandte er sich von der Stadt und sah über die Felder. In einer kleinen Hütte brannte Licht, aber Günter konnte nicht durch das einzige Fenster sehen. Also griff er nach dem Dach der Hütte und hob es ab. Ein Mann lag dort aufgebahrt unter einem weißen Laken, Kerzen standen um ihn, ein Priester in schwarzem Talar breitete segnend die Hände über seinen Kopf.

So schnell er konnte verließ Günter seinen Posten. Er lief in den Keller und suchte unter zusammengefalteten Umzugskartons. »Der Koffer«, rief er nach oben. »Wo ist der verdammte Koffer?« Rita antwortete nicht. Er lief hinauf und fand sie im dunklen Schlafzimmer am Fenster zum Garten. Sie hatte die Gardine einen Spalt zur Seite geschoben und sah hinaus.

»Ich suche den Koffer«, sagte Günter. »Ich will anfangen, alles zu verpacken.«

»Sei bitte ruhig«, sagte Rita. »Ich glaube, es ist jemand im Garten.« Günter trat neben sie ans Fenster. »Hinten an dem Verschlag«, sagte sie.

»Vielleicht sind es Nachbarn«, sagte Günter und sah hinaus. »Da ist wirklich etwas. Ich gehe nachsehen.«

»Bist du verrückt«, sagte Rita, »bleib hier, du weißt doch nicht, wer das ist!«

Günter war schon durch die Küche auf die Veranda getreten. Rita folgte ihm. »Hallo!« rief er und ging auf den Verschlag zu. Er war noch einige Meter davon entfernt, als zwei Männer hervortraten. Rita schaltete das Licht auf der Veranda ein.

»Bitte erschrecken Sie nicht«, sagte Feldheim und wies auf den anderen Mann, der sich leicht verbeugte. »Sie kennen Herrn Kamphausen. Wir müssen Sie um Entschuldigung bitten. Wir sind hier eingedrungen, das ist natürlich nicht in Ordnung. Aber wir sind zu der Ansicht gekommen, daß jetzt die Zeit drängt.«

Günter trat noch näher an die beiden heran. »Was wollen Sie?« sagte er barsch. »Spielzeuglokomotiven und kleine erleuchtete Häuser?«

»Sie wissen, daß es um etwas anderes geht«, sagte Feldheim. »Wir sind ältere Männer, es ist egal, was wir tun und was wir denken. Wir halten uns an Regeln, an Maßstäbe, wenn Sie so wollen. Doch was da ganz innen drin geschieht, das bleibt unsere Sache.« Er legte eine Hand auf seine Brust.

»Und mein Onkel gehörte zu Ihnen?« sagte Günter. »Hatte er ein Geheimnis?« Er deutete über die Schulter zurück auf das Haus.

»Sie wissen selbst, daß er keins hatte«, sagte der Händler. »Sie dürfen nicht schlecht über Ihren Onkel denken.«

»Er war anders«, sagte Günter.

»Das mag sein.« Feldheim atmete tief.

Der Händler machte einen Schritt auf Günter zu und faßte ihn sacht am Arm. »Sie haben jetzt alles gesehen«, sagte er, »es ist Zeit, wir sollten es hinter uns bringen.«

»Ich hatte schon nach einem Koffer gesucht«, sagte Günter.

»Das ist nicht nötig.« Der Händler ging zu dem Verschlag

und kam mit zwei großen schwarzen Taschen zurück. Zu dritt traten sie auf die Veranda. Rita stand in der Küchentür. »Es war eine Verabredung«, sagte Günter. »Ich hatte vergessen, es dir zu sagen.« Die beiden Männer nickten Rita zu. Dann stiegen sie hinauf, Günter voran. Er schaltete in allen drei Zimmern das Licht an. Der Händler öffnete die Taschen. Sie waren mit Schaumstoff gefüllt und hatten längliche Mulden.

»Legen Sie Loks und Wagen hinein«, sagte der Händler. »Feldheim und ich werden abschrauben, was vom Schienenmaterial noch wertvoll ist.« Er zog ein Futteral aus der Tasche, öffnete es und breitete es auf den Schienen vor dem Bahnhof aus. Es enthielt einen Satz kleiner Werkzeuge. »Und machen Sie sich keine Sorgen über den Preis«, sagte er.

Günter ging in das Nachbarzimmer. Hier standen Loks und Waggons auf den Gleisanschlüssen der Fabriken und am Kai des kleinen Hafens. Er nahm sie von den Schienen und legte sie in die Taschen. Er mußte mehrmals gehen, bis er alle zusammen hatte. Im dritten Raum stand nur die kleine gedrungene Lok vor dem Schuppen. Günter stieg mit den Knien auf die Platte und legte sich lang, bis er sie erreichte. Als er wieder herabgestiegen war, hingen grüne und rote Flocken an seiner Kleidung.

Im ersten Raum standen Feldheim und der Händler in zwei Schächten und schraubten die Schienen von der Platte. Ob er helfen wolle? fragte der Händler. Es dauere noch. Günter ließ sich zeigen, was zu tun war, und begann im dritten Raum mit dem Abschrauben. Im zweiten arbeiteten sie dann zusammen. Bald lagen Berge von Schienen und Weichen auf der Platte. Der Händler zog einen Tuchsack aus der Hosentasche und packte alles hinein. Schließlich schraubten sie die großen Schaltpulte auseinander.

»Und was ist mit dem ganzen Rest?« sagte Günter, als sie

fertig waren. Er wies auf die Stadt und die Siedlung. »Die Lichter in den Häusern?«

»Das ist alles festgeklebt«, sagte Feldheim. »Billige kleine Elektroteile. Außerdem will niemand fertige Häuser. Die sind praktisch wertlos.«

Der Händler verschloß die Taschen und reichte Günter die Schlüssel. »Damit Sie die Garantie haben, daß alles ehrlich zugeht. Kommen Sie morgen oder wann Sie wollen, und wir gehen die Preise in den Katalogen durch.«

Günter führte die Männer zur Tür. »Ich danke Ihnen«, sagte er.

»Nichts zu danken«, sagte Feldheim. »Kommen Sie einmal zu mir. Ich bekomme wenig Besuch. Ich könnte Ihnen meine Anlage zeigen.« Dann gingen die beiden durch den Vorgarten zur Straße und stiegen in einen Kombi.

Später in der Nacht saß Günter im ersten Raum vor der Platte. Er hatte noch einmal die Lichter einschalten wollen, aber sie mußten die Kabel durchtrennt haben. Straßen und Fenster waren dunkel geblieben. Nur ganz hinten, am Fuß des Gebirges, war es hell in der kleinen Kapelle geworden, und die Glocke hatte angeschlagen. Jetzt griff Günter nach einer Figur und zog sie vom Bahnsteig. Sie brach über den Füßen ab.

Die Schändung

Karl suchte das Vergessen. Über die Art der Herabsetzung, die er erfahren hatte, stritt er noch mit sich. Einen Schicksalsschlag wollte er sie nicht nennen, aber sie war ohne Zweifel mehr als eine beiläufige Kränkung. Natürlich hatte er selbst im Vorfeld Fehler begangen, das gab er zu, doch die standen in keinem Verhältnis zu den Ereignissen, die dann eingetreten waren. Und obwohl ein Verlust zahlenmäßig nicht zu bestimmen ist, dachte Karl, stehe ich zumindest in einem Bezirk meines Lebens vor einem Scherbenhaufen.

Er saß seit einer Stunde in seinem Zimmer und sann über Maßnahmen, die ihm fürs erste das Weiterleben erleichtern sollten. Ohne ein Programm, einen festen Vorsatz, ist das vielleicht gar nicht mehr möglich, sagte er sich, und es schüttelte ihn vor Verzweiflung. »Nicht die Verletzung«, sagte er schließlich laut, »ist das Schlimme. Es ist die Sorge, sie könnte von selbst nicht mehr heilen.«

Dann erschrak er. Er hatte sich einmal vorgenommen, nie laut mit sich zu sprechen. Er ging ins Wohnzimmer und schaltete den Fernseher ein, es lief eine Tennis-Übertragung. Nach einer halben Stunde überkam Karl ein Gefühl vollständiger Hilflosigkeit; er nahm seine Jacke und verließ das Haus.

Kaum war er ein paar Schritte gegangen, da bemerkte er die vielen Kinder unter den Passanten. Einige hielten Luftballons in den Händen oder Ballen rosafarbener Zuckerwatte. Es fiel ihm ein, daß der große Jahrmarkt begonnen hatte. Dorthin machte Karl sich auf.

Der große Jahrmarkt trug einen Namen, über dessen Bedeutung es mehrere Versionen gab, die Karl gleichermaßen unglaubwürdig fand. Unter den Fahrgeschäften war in jedem Jahr eine andere, besondere Attraktion, deren technische Daten vorab in der Lokalzeitung veröffentlicht wurden. Sie wurde mehrere Tage lang aufgebaut, und es hieß, die vereinigte Schaustellerschaft garantiere ihrem Besitzer eine Mindesteinnahme, um selbst von der Attraktion profitieren zu können.

Am Rande des Jahrmarktes standen aus Tradition einfache Zelte, in denen Haushaltwaren, Töpfe und Pfannen, Patentmesser und Chromreiniger auslagen. Und vor zwei riesigen, seitlich geöffneten Wagen verkaufte ein Blumenhändler mit umgehängtem Mikrophon drei oder vier Topfpflanzen zum Preise von einer. An ihm mußte Karl vorbei, um den Jahrmarkt zu betreten. Der Blumenverkäufer kündigte gerade an, ein besonders lukratives Angebot zusammenstellen zu wollen. Mit einem schwungvollen Griff zog er eine halbmannshohe Pflanze aus dem Regal in seinem Rücken, drückte sie mit der linken Hand an die Brust und schlug sie mit der rechten in ein großes Stück Papier, das er sich von einer Assistentin reichen ließ. Dabei beschrieb er die technischen Vorzüge eines neuen Systems, mit dem das Bäumchen eingepflanzt worden war und das seine Pflege zum Kinderspiel mache. Dann griff er, ohne die erste abzusetzen, zwei kleinere Pflanzen, die man nicht mit der ganz ähnlichen, aber weniger dankbaren Birkenfeige verwechseln dürfe. Während er noch sprach, schlug er auch die beiden in Papier. Schon jetzt sei der Gesamtpreis, sagte er, eine Sensation, erklärbar nur als das Umlegen des Werbeetats auf den Ladenpreis, er jedoch bleibe dabei nicht stehen und tue ein Weiteres und lege noch zwei, nein drei Topfblumen dazu, und damit griff er in ein anderes Regal und holte zwei lila und eine gelb blühende Pflanze hervor. »Nun, wer will der Glückliche sein?« fragte er ins Publikum und ging auf dem Laufsteg des Wagens hin und her.

Karl, der stehengeblieben war und alles verfolgt hatte, fühlte sich beinahe angesprochen und ging rasch weiter. Die nächsten Stände ließ er unbeachtet, erst an einer Losbude blieb er wieder stehen. Von ihrem Dach herab hingen in Trauben riesige Stoffpuppen des Wesens, das der Star einer neuen Fernsehserie war. Karl kannte die Serie und hatte darüber in der Zeitung gelesen. Das Wesen wurde jetzt unbefugt produziert, in so schlechten Exemplaren, daß ein Gericht befunden hatte, sie schadeten dem Ansehen der Serie. Vereinzelt hatte es schon öffentliche Beschlagnahmen gegeben.

Karl kaufte, was er sonst nie tat, eine größere Anzahl von Losen und lachte innerlich über sich. Ich will das Glück zwingen, dachte er. Zu seinem Erstaunen war keines der Lose eine richtige Niete. Jedes trug eine Zahl und ein Symbol. Der Losverkäufer wies Karl eine große Tafel, auf der die Spielregeln erklärt waren. Erst bestimmte Kombinationen machten die Lose zu Treffern. Karl prüfte daraufhin seine Lose, aber wie er sie auch zusammenstellte, immer fehlten ein Symbol oder eine Zahl. Er warf die Lose zu Boden, und sofort sprangen Kinder herbei, hoben sie auf und schauten sie durch. »Hier ist ein Fisch«, rief eines von ihnen, und johlend zogen sie zu dem Inhaber der Losbude. Der schlug eine Glocke an und verkündete durchs Mikrophon, es sei wieder eine Auswahl gefallen.

Karl ging weiter. Er freute sich, daß er an der Losbude in ein System geraten war und daß die Kenner von seinem Unwissen profitiert hatten. Wenn alle so zusammenhielten, könnte man die Systeme in den Griff bekommen. Des einen Unglück würde sich in das Glück des anderen verwandeln, der es dann mit ihm teilte. Karl war froh über seine Idee, den Jahrmarkt zu besuchen. Es ist ein großes Durcheinander, dachte er, aber die Verhältnisse liegen offen zutage. Es war das Richtige in seiner Situation.

Zwischen zwei größeren Buden fiel ihm ein kleiner Stand auf, der von Menschen umringt war. Karl blieb stehen und sah zu. Es galt hier, aus kurzer Entfernung hintereinander drei kleine hölzerne Kugeln so in einen nach vorne geneigt aufgestellen Blecheimer zu werfen, daß sie darin liegenblieben. Auf einer einfachen schematischen Zeichnung war die ideale Flugbahn beschrieben. Der einzige Preis für das Gelingen waren dieselben Stofftiere, die an der Losbude gehangen hatten. Niemandem gelang auch nur ein Treffer, und nach jedem Fehlversuch versenkte der Budenbesitzer zum Beweis gleich drei Kugeln in dem Eimer. Die nachrückenden Zuschauer schoben Karl langsam nach vorne, so daß er schließlich neben dem Budenbesitzer zu stehen kam. Der drückte ihm wortlos die Kugeln in die Hand und wies auf den Eimer.

Setzt er soviel Vertrauen in mich? dachte Karl. Oder sehe ich aus wie einer, der es mit Sicherheit nicht schaffen wird? Eigentlich brauchte der Budenbesitzer einen Gewinner, um die anderen anzustacheln, aber riskierte er dafür einen seiner Preise? Karl schaute noch einmal auf die schematische Zeichnung. Im Prinzip war es leicht. Nach dem Gesetz von Einfallwinkel und Ausfallwinkel mußte die Kugel von möglichst weit oben auf die innere Eimerwand treffen. Karl warf, und richtig landete die Kugel an der vorgesehenen Stelle, einmal noch schlug sie gegen die obere Eimerwand, dann lag sie still auf dem Eimerboden.

Ein Raunen kam von den Umstehenden, einige riefen Bravo oder klatschten. Ein Glückstreffer, dachte Karl bei sich, doch erzielt nach dem richtigen System. Er nahm die zweite Kugel, wieder blieb sie im Eimer liegen. Jetzt wurden die Rufe der Umstehenden lauter. Karl vermied es, in das Gesicht des Budenbesitzers zu sehen. Was mußte der ihm die Kugeln in die Hand drücken? Einer der Zuschauer forderte die anderen zur Ruhe auf. Ich bin eigentlich nicht hierhergekommen, um ein Volksheld zu werden, dachte Karl und warf die Kugel so gut er konnte. Sie setzte zu spät auf, traf gleich den Eimerboden und rollte wieder heraus. Ausrufe der Enttäuschung kamen aus der Menge, Karl wandte sich um und machte eine entschuldigende Geste. Er bekam wieder Applaus. Rechtzeitig fiel ihm ein, daß er dem Budenbesitzer zwei Mark schuldete. Er zahlte und ging rasch weiter, während er noch sah, wie der nächste schon beim ersten Versuch scheiterte.

Auch für dieses Erlebnis nannte Karl sich glücklich. Die Stoffigur in seinem Arm wäre lächerlich gewesen. Er hätte sie gleich verschenken müssen, und was wäre geschehen, wenn vielleicht ein kleines Mädchen sie ängstlich zurückgewiesen hätte? Eine peinliche Situation, nicht auszudenken. Karl überlegte, ob er etwas essen sollte. Grundsätzlich aß er nichts in Imbißhallen oder Schnellrestaurants, er hatte hygienische Bedenken. Hier gehörte es dazu. Er entschied sich nach kurzer Überlegung für einen gebackenen Fisch, das war das Naheliegendste. Der Fisch war so heiß, daß kaum ein Geschmack wahrzunehmen war, Karl freute sich über seinen Entschluß.

Als er den Jahrmarkt zur Hälfte durchquert hatte, blieb Karl an einem Wagen stehen, der ›Großes Derby‹ hieß. Es war ein Rennen mit mechanischen Pferden, die sich bewegten, wenn man eine Kugel in eines der Löcher am Ende einer schiefen Bahn rollte. Es gab Einer-, Zweier- und Dreierlöcher, und bei höheren Treffern liefen die Pferde ein größeres Stück. Oft kamen die Kugeln zurück, ohne in ein Loch gefallen zu sein. Dann blieb das Pferd auf seinem Fleck. Das Budenbesitzerpaar kommentierte den Rennverlauf durch ein Mikrophon.

Karl beobachtete die Spieler. Sie schienen sehr angespannt. Keiner fluchte, die Sieger nahmen wortlos eine Spielmarke in Empfang. Als ein Platz frei wurde, nahm Karl ihn ein. Bis das Rennen wieder startete, hatte er Zeit, mit den Kugeln zu üben. Es war nicht leicht, die Dreierlöcher zu treffen, denn von den davorliegenden Einer- und Zweierlöchern wurde die Kugel abgelenkt. Also nahm Karl sich vor, möglichst präzise auf die niedrigeren Löcher zu zielen. Dann würde sein Pferd in Bewegung bleiben, und er verlöre keine Zeit.

Eine Klingel kündigte den Start an. Karl traf beinahe jedesmal ein Einerloch, aber am Ende des Rennens war sein Pferd nicht einmal ins Mittelfeld gelangt. Offensichtlich reichten die niedrigeren Treffer nicht aus, vielleicht brachte schon ein Zweier die vielfache Strecke. Karl versuchte, sich auf die höheren Würfe zu trainieren, doch gleich wurde das Rennen wieder gestartet. Nun traf er nicht einmal die Einerlöcher. Am Ende des Rennens stand sein Pferd noch am Start.

Im nächsten Rennen machte er wieder kaum Treffer. »Die Sieben muß jetzt auch mal punkten«, sagte die Budenbesitzerin ins Mikrophon, kam dann zu Karls Bahn herüber, nahm die Kugel und steckte sie in das Dreierloch. Karls Pferd machte einen gewaltigen Satz nach vorne. Sehe ich aus, als bedürfte ich solch kindischer Aufmunterung? dachte er. Wenn man glaubt, mich mit solchen Geschenken reizen zu können, hat man sich geirrt. Nur zum Schein rollte er noch die Kugel. Als das Rennen beendet war, gab er seinen Platz auf und ging rasch weiter.

Unterwegs zum Ausgang des Jahrmarktes versuchte Karl, den Gedanken niederzuhalten, daß hier überall ein Geschäft auf seine Kosten gemacht werden sollte. Die Besserwisserei nutzt mir nichts, dachte er, und er ahnte, daß sein Versuch gescheitert war, Vergessen zu finden. Es war ein Fehler gewesen, sich in die erstbeste Banalität zu stürzen. Er hätte es vorher wissen müssen.

Karl war in eine weggeworfene Portion Pommes frites getreten. Er trat beiseite und kratzte mit einem Pappdeckel die Mayonnaise von seinem Schuh. Als er wieder aufsah, bemerkte er ein Schild, auf dem ›Karikaturen-Weltmeister‹ stand, ein Name und ›Garantiert über 25 000 Personen karikiert‹. Vor einem Paravent, an den Zeichnungen und Zeitungsausschnitte geheftet waren, saß ein Mann, der dem Namen nach ein Grieche war. Der Mann war zwischen vierzig und fünfzig, klein, dunkel und dick. Er trug eine Baskenmütze, unter der lange und dünne Haarlocken hervorhingen, und einen Schnurrbart, dessen Enden steil in die Höhe gezwirbelt waren. Sein Hemd stand offen, über seiner dicht behaarten Brust hingen goldene Ketten. Dieser Mann war der Karikaturen-Weltmeister, er saß auf einem von zwei kleinen Stühlen. Fünfundzwanzig Mark sollte eine Karikatur kosten.

Karl besah die Zeichnungen, sie stellten bekannte Personen dar. Routiniert, dachte Karl, und ohne sonderlichen Ausdruck. An die Köpfe malte der Karikaturist stets winzige Körper in Bikinis, Clownskostümen oder grotesken Stellungen. Einen Politiker hatte er in ein kleines Grab steigen lassen. Pressephotos zeigten den Karikaturisten mit den Karikierten. Plötzlich legte sich Karl von hinten eine warme Hand auf den Kopf.

»Komm«, sagte der Karikaturist mit tiefer, gutturaler Stimme, »du schöner Kopf, für dich ich mache zwanzig Mark.« Er zog Karl am Arm zu den kleinen Stühlen. Karl widersetzte sich nicht. Kaum hatte er Platz genommen, blieben die Jahrmarktsbesucher stehen und bildeten einen rasch dichter werdenden Halbkreis um ihn und den Karikaturisten. Der nahm mit ausladenden Bewegungen einen Block und seine Zeichenutensilien zusammen, schlug die Beine übereinander und grinste ins Publikum.

»Du verstehst eine Spaß?« sagte er dann zu Karl, und der nickte. Ja, natürlich verstehe er Spaß.

Der Karikaturist begann mit großen Schwüngen die Zeichnung anzulegen. Er benutzte ein Stück Kohle, das er mit hochgewinkeltem Arm aus dem Ellenbogen heraus führte. Karl mußte lächeln, als er die Striche und Schatten auf dem Papier seinem Gesicht ähnlich werden sah. Zwischendurch machte der Karikaturist halblaute Bemerkungen, die Karl nicht verstand. Einmal zählte er seine Striche, und Karl begriff, daß er sich über seine Augenbrauen lustig machte, die aus sehr wenigen dunklen Haaren bestanden.

Inzwischen standen so viele Menschen um Karl und den Karikaturisten, daß die hinteren die vorderen zu schieben begannen. Karl wußte nicht recht, wohin er schauen sollte, weder den Karikaturisten noch die Leute mochte er ansehen. Und keinesfalls wollte er wie einer scheinen, dem sein Vorsatz peinlich geworden ist. Natürlich ist es peinlich, sagte er sich, aber was ist es verglichen mit der Niederlage, die ich erlitten habe. Er glaubte, sicher zu wissen, warum er dem Angebot des Karikaturisten so rasch gefolgt war. Ich setze mich nicht ab, dachte er, und aus diesem Satz zog er Kraft. Ich setze mich aus, dachte er, und ich setze mich durch.

Inzwischen war der Karikaturist mit Karls Gesicht fertig, hier und da brachte er noch Schatten an. Dann fügte er an das Gesicht den kleinen Körper, der aus Ovalen und Kreisen zusammengesetzt schien. Es war, von woher, wußte Karl nicht zu sagen, ein kleines Mädchen neben den Mann getreten, und das fragte er etwas in einer Sprache, die Karl nicht verstand. Das Mädchen sah Karl an und antwortete auf deutsch, wieder verstand Karl nicht. Aber mit Schrecken sah er nun, wie der Karikaturist seinem kleinen Körper riesige Hoden und ein riesiges, mehrfach gebogenes und gewelltes Glied anzeichnete, das wie ein Wegweiser auf einen kopf-, arm- und beinlosen, nackten Frauenkörper wies, den der Karikaturist mit einigen Strichen neben Karls Gesicht setzte.

Karl schoß das Blut in den Kopf, vielleicht war das ein Trick, und der Karikaturist würde mit einigen zusätzlichen Strichen die anstößigen Partien in etwas anderes, völlig Harmloses verwandeln. Doch nichts dergleichen geschah, statt dessen fügte der Karikaturist leise summend weitere Details hinzu.

»Das ist eine Schweinerei«, sagte plötzlich einer der Umstehenden, ein junger Mann mit einer Tätowierung auf dem Arm. Einige andere sah Karl den Kopf schütteln oder hämisch grinsen. »Das würde ich mir nicht gefallen lassen«, sagte der junge Mann.

Karl freilich wußte, daß er mit dieser Verunstaltung einverstanden sein mußte. Hatte ihn der Karikaturist nicht gefragt, ob er Spaß verstehe? Und er hatte bejaht, auf diese Zustimmung könnte sich der Mann jederzeit berufen. Nein, dachte Karl, auch wenn ich wie ein Idiot dastehe, es gilt nur, schnell und mit der unerhörten Zeichnung von hier zu verschwinden. Rasch holte er die zwanzig Mark hervor, und während die Proteste der Zuschauer lauter wurden, gab er dem Mann das Geld in die Hand, nahm das Blatt und drückte sich, niemandem ins Gesicht sehend, durch die Menge. Als er glaubte, außer Sichtweite zu sein, rollte er das Blatt eng zusammen und schob es in seine Jacke.

So einfach war das, lobte er sich. Hier weiß niemand mehr, was dort drüben vorgefallen ist, und die dort stehen und mit dem Zeichner streiten, die wissen nicht mehr, wie ich aussehe. Es gibt keine Beweise, den einzigen habe ich mitgenommen. Bei dem Gedanken, er wäre dortgeblieben und hätte sich aufs Reden und Argumentieren eingelassen, schüttelte es Karl. Nein, dachte er, wenn schon, dann habe ich ihn hereingelegt. Er wollte auf meine Kosten Aufsehen erregen, und er hat sich bitter getäuscht! Langsam ging Karl nach Hause.

Dort entrollte er das Blatt und versuchte, den entstellten Körper von der Karikatur zu radieren. Es gelang nicht, Karl nahm einen anderen Radiergummi, ohne Erfolg. Da zerriß er die Zeichnung in kleine Fetzen und warf sie in den Papierkorb. Er setzte sich vor den Fernseher. Auslandskorrespondenten berichteten vom Bürgerkrieg aus einem asiatischen Land. Danach wurde die Tennis-Übertragung fortgesetzt. Sie sollte bis tief in die Nacht dauern.

In einer Pause zwischen den Spielen erfaßte Karl eine große Wut auf den Zeichner. Der hat mich hereingelegt, dachte er, der hat mir weismachen wollen, es bedürfe meiner Mitarbeit, um das Geschäft anzukurbeln, und dann hat er sich an mir für all die gerächt, die sich nicht zeichnen lassen. Es ist eine einzige Infamie, alle Verkäufer hassen die Käufer, weil sie von ihnen leben. Und besonders die Schausteller hassen ihr Publikum. Sie ziehen jedesmal weiter, nichts kann ihnen geschehen.

Karl schaltete den Fernseher aus, nahm seine Jacke und machte sich wieder auf den Weg zum Jahrmarkt. Nun kamen ihm keine Kinder mehr entgegen, nur Paare und Gruppen von jungen Männern. Auf dem Jahrmarkt wurden schon die Lichter gelöscht, das Riesenrad drehte sich nicht mehr, und vor der Geisterbahn zog ein Mann Planen über die Figuren. Nur aus den Bierzelten kam noch Musik. Karl ging eilig weiter, bis er den Platz gefunden hatte, an dem der Karikaturist ihn gezeichnet hatte. Doch da stand nichts mehr, die Paravents und die Stühle waren weggeräumt. Was wollte ich eigentlich hier? dachte Karl und schüttelte den Kopf. Ärger machen? Er nannte sich einen Idioten. Was er auch anfing, es mißglückte. Beinahe wollten ihm Tränen kommen.

Als Karl sich abwandte, sah er das Mädchen, mit dem der Karikaturist gesprochen hatte. Sie stand da und sah ihn an. »Weißt du, wo der Mann mit dem Schnurrbart ist?« sagte Karl. »Der Karikaturen-Zeichner?«

Das Mädchen nickte.

»Und wo ist er? Na, sag schon!«

»Im Wohnwagen«, sagte das Mädchen und wies mit dem Kinn hinter sich. »Willst du dahin?«

»Bringst du mich?«

Das Mädchen nickte wieder, machte einen Schritt, nahm Karls Hand und zog ihn davon. Sie verließen den Jahrmarkt und gingen zwischen einförmigen, schmucklosen Wohnwagen. Vor einem hielt das Mädchen an, klopfte an die Tür und rief etwas in der fremden Sprache. »Ja, herein«, rief es von drinnen. Das Mädchen öffnete die Tür, sagte etwas und lief wieder weg. »Kommen Sie«, sagte der Karikaturen-Zeichner.

Karl betrat den Wohnwagen. Der Mann mit dem Schnurrbart saß hinter einem Klapptisch auf einer kleinen Bank und machte eine einladende Bewegung. Vor ihm lagen Geldscheine und Münzen. Karl setzte sich ihm gegenüber, anderswo war kein Platz. In dem Wohnwagen roch es nach Alkohol und scharfen Gewürzen.

»Sie sind der junge Mann, der einen Spaß versteht«, sagte der Karikaturist. Sein Akzent war jetzt nicht mehr so übertrieben wie auf dem Jahrmarkt. Einer von diesen Geschäftstricks, dachte Karl.

»Natürlich verstehe ich Spaß«, sagte er dann ruhig, »aber das war kein Spaß, das war eine Gemeinheit, eine Schweinerei.«

Ob er sein Geld zurückhaben wolle, sagte der Mann und wies vor sich auf den Tisch.

»Unsinn«, sagte Karl, darauf komme es ihm nicht an.

Was er dann wolle? Der Mann zog unter dem Tisch eine Bierbüchse hervor, riß sie auf und setzte sie an die Lippen. Danach troff sein Schnurrbart, und er wischte ihn mit einem karierten Küchentuch. Dann bot er Karl ein Bier an, Karl lehnte ab. Also was er denn nun wolle, sagte der Mann, sich vielleicht beschweren? Bittesehr, Beschwerdebuch sei gerade nicht zur Hand.

»Nein«, sagte Karl fest, »ich möchte mich noch einmal zeichnen lassen.«

Der Mann starrte ihn an und grinste. »Diesmal ohne dem Ding-Dong?« Dazu machte er eine obszöne Geste.

»Das auch«, sagte Karl, »aber ich will keine Karikatur. Ich will ein richtiges Portrait, eine Zeichnung nach der Natur. Das können Sie doch, oder?«

Der Mann blickte ihn erstaunt an.

»Haben Sie mich nicht verstanden?« Karl beugte sich vor. »Eine richtige Zeichnung möchte ich, so wie ich wirklich aussehe. Das heißt, so wie mich ein Künstler sieht, ein ernsthafter Künstler.«

»Jungehen«, sagte der Mann, »Jungchen.« Er trank und fuhr sich mit der Hand durch den Bart. »Jungchen«, sagte er noch einmal. Dann begann er, in der fremden Sprache zu murmeln. Dabei stand er auf und verschwand im hinteren Teil des Wohnwagens, bald kehrte er mit seinen Zeichenutensilien zurück.

»Profil oder en face?« schrie er.

»Halbprofil«, sagte Karl.

Mit kurzen, abgehackten Bewegungen machte sich der Zeichner ans Werk. Immer wieder hielt er inne, schaute auf, fixierte Karl mit einem Auge, setzte an, schaute noch einmal auf und zog dann eine kurze, dünne Linie. Dabei trank er ständig. War die Büchse leer, warf er sie auf den Boden und zog eine neue hervor.

»Ich möchte jetzt auch ein Bier«, sagte Karl einmal.

»Du bist stille, Jungchen«, sagte der Zeichner. Dann sprach keiner mehr.

Nach einer halben Stunde warf der Zeichner den Stift auf den Boden und den Block so auf den Tisch, daß Karl sein Portrait sehen konnte. »Da, bittä!« schrie er.

Karl nahm den Block und betrachtete die Zeichnung. So ähnlich hatte er es sich vorgestellt, der Mann besaß eben nur etwas Technik und Routine. Es war kein Ausdruck in dem Gesicht, ein gemaltes Paßphoto, untadelig und völlig nichtssagend. »Sehr schön«, sagte Karl und zog seine Geldbörse hervor.

»Dreihundert Mark«, sagte der Zeichner schwer.

»Wie bitte?« sagte Karl.

»Dreihundert.« Der Zeichner grinste. »Karikatur geht fix. Paar Minuten, fünfundzwanzig Mark. Portrait dauert Stunde, also dreihundert.«

Dreihundert Mark wolle er dafür nicht zahlen, sagte Karl, das sei nicht ausgemacht gewesen.

»Nix war ausgemacht«, sagte der Zeichner. »Jungchen, du wolltest gemalt werden, da hast du dich. Ich nenne Preis, dreihundert. Zahle oder zahle nicht.« Damit griff er nach dem Block.

Er hat mich wieder hereingelegt, dachte Karl. Zum zweiten Mal hat er mich hereingelegt. Ich hätte es wissen müssen. Er zog seine Geldbörse. »Ich habe nur etwas mehr als hundert Mark bei mir«, sagte er und schob als Beweis die Geldbörse zu dem Zeichner hinüber. Der nahm sie, holte die Scheine heraus und ließ das Münzgeld auf den Tisch rollen, die Silbermünzen behielt er, die Kupfermünzen steckte er zurück.

»Da«, sagte er und schob den Block und die Börse wieder herüber. »Und nun verschwinde.«

Karl nahm sein Eigentum und verließ den Wohnwagen. Auf einem Umweg ging er nach Hause. Seine Probleme waren nicht kleiner geworden. Aber ich will nicht klagen, dachte er.

Wahlnacht

Branningsen hatte die Wahl verloren. Da gab es kein Deuteln. Man sprach bereits von einem Erdrutsch, obwohl erst Hochrechnungen vorlagen. Und an Koalitionen war nicht zu denken. Branningsen hatte während des Wahlkampfes Versicherungen gemacht, die waren in Erinnerung geblieben, kein Zweifel. Also würde es eine Schlappe werden.

»Wir müssen jetzt zunächst einmal die endgültigen Ergebnisse abwarten und dann sorgfältig analysieren«, sagte Branningsen in die Mikrophone, die man ihm entgegenhielt. »Morgen tritt der Parteivorstand zusammen, um über die Ursachen dieses zweifellos arg enttäuschenden Wahlausganges nachzudenken.« Dann versuchte er lächelnd, sich einen Weg durch die Menge zu bahnen. Es ging nicht. »Außerdem«, sagte er, »liegen schließlich erst Hochrechnungen vor.« Er schaffte sich energischer Platz. Dabei wurde er weiter gefilmt.

Nebenan warteten die Reporter vom anderen Sender. Branningsen dankte noch einmal seinen Wählern für ihr Vertrauen und machte ein ernstes Gesicht. Natürlich könne man nicht zufrieden sein. Mit aller Ernsthaftigkeit und in Ruhe müsse nun überprüft werden, wo und inwieweit die Wahlaussagen der letzten Wochen nicht angenommen worden seien.

Ob es nicht an der Person des Spitzenkandidaten gelegen habe, daß die Wahl so ausgefallen sei? wurde gefragt. Branningsen sagte etwas von politischen Inhalten und daß er glaube, ein personenbezogener Wahlkampf widerspreche dem Geist der Demokratie, denn nicht Menschen, sondern Programme ständen zur Wahl. In diesem Moment kam unter großem Lärm der Vorsitzende der größten Oppositionspartei in das Sendestudio, und die Reporter eilten zu ihm. Branningsen verließ das Studio, aber die Gänge wurden von Zeitungsjournalisten belagert, die ihn um erste Stellungnahmen baten. Weil die hinteren nachdrückten, rempelten ihn die vorderen beständig an. Er bekam einen Kugelschreiberstrich auf sein Hemd. Es war furchtbar laut. »Die endgültigen Daten abwarten!« schrie Branningsen. »Sorgfältige Analysen!«

Mit Mühe erreichte er sein Arbeitszimmer. Er schloß die Tür und setzte sich in seinen Schreibtischsessel, löste die Arretierung der Rückenlehne und ließ sich zurücksinken. Vom Gang waren Stimmen zu hören. Mehrere Male klopfte es an seine Tür. Er antwortete nicht. Er sah sich um. Hier hatte er viel erlebt. Wie lange würde es noch sein Arbeitszimmer sein? Und was sollte er jetzt tun? Eine halbe Stunde saß er so da. Dann klingelte das Telephon. Branningsen hob ab.

Der Bundesvorsitzende seiner Partei war am anderen Ende. »Branningsen, was ist mit Ihnen?« rief er. »Sehen Sie zu, daß Sie vor die Kameras kommen! Sollen die Wähler glauben, wir sind schon ganz von der Bildfläche? Los Mann, machen Sie bloß nicht schlapp. Die nächsten Wochen werden die härtesten! Noch ist nichts entschieden.« Er hängte ein.

Im nächsten Moment wurde die Tür aufgerissen. »Wir haben Sie überall gesucht«, rief Branningsens Referent. »Sie ziehen die Gesprächsrunde im Ersten vor, wegen der Fußball-Übertragung. Die anderen sind schon alle da. Wenn Sie sich nicht beeilen, fängt man ohne Sie an.«

»Wäre nicht das Schlimmste«, sagte Branningsen. Der Referent hörte nicht. »Beeilen Sie sich bitte«, sagte er. Branningsen erhob sich seufzend und ging langsam hinter dem Mann her, der vor Erregung kleine, schnelle Schritte machte. Der hat Angst um seinen Job, dachte Branningsen. Er wollte seinen Referenten verachten, doch es gelang ihm nicht. Im Studio ließ er sich seinen Platz zeigen.

Die Kandidaten der anderen Parteien waren bester Stimmung, auch wenn sie nur ein paar Stimmen dazugewonnen hatten. Branningsens Niederlage umstrahlte sie, sie sprachen gesetzt und abwägend. Branningsen schien es, als hielten sie sich mühsam zurück, um nicht laut herauszulachen. Heute nacht betrügen sie ihre Frauen, dachte er, und morgen haben sie einen Kater.

Die beiden Moderatoren wandten sich gleich an ihn und wollten wissen, warum alles so gekommen sei und welche Fehler er gemacht habe. Ich bin nicht religiös, dachte Branningsen, und die öffentliche Beichte lehne ich aus Überzeugung ab. Dann sagte er etwas von der schwierigen wirtschaftlichen Lage und daß die Wähler ihm leider nicht genug Zeit gelassen hätten, seine langfristigen Konzepte in konkrete Politik umzusetzen.

Ob er denn so etwas wie eine Diktatur auf Lebenszeit für das politisch Angemessene halte, fragte ihn der Vorsitzende der kleinsten Partei. Gelächter bei den anderen.

Branningsen wartete, bis Ruhe war, dann beschwerte er sich über diesen Ton, der schon während des Wahlkampfes zur Vergiftung der Atmosphäre beigetragen habe. Böse Proteste der anderen. Die Moderatoren mußten eingreifen.

Schließlich entwickelte der Oppositionschef sein neues Regierungsprogramm, für das er sicher sei, eine feste parlamentarische Mehrheit gewinnen zu können. Obwohl, natürlich, über mögliche Koalitionen zu reden, jetzt nicht der Zeitpunkt sei. Zunächst müsse das Wahlergebnis sorgfältig analysiert werden.

Branningsen fühlte sich nicht wohl. Als beim Schlußwort die Reihe an ihn kam, dankte er noch ein mal seinen Wählern. Ihr Vertrauen in seine Arbeit bestärke ihn in seinen Anstrengungen. Auf dem Rückweg in sein Büro versperrte ihm eine Menschenmenge den Weg, die in den Fraktionssaal der Opposition drängte. Er machte kehrt und lief dabei seinem Referenten in die Arme. »Das Treffen mit den freiwilligen Wahlkampfhelfern«, sagte der.

»Die können mich mal!« schrie Branningsen. »Wenn sie einen schlachten wollen, warum dann ausgerechnet mich?« Ein paar Leute sahen sich nach ihm um und lachten. »Hier entlang«, sagte der Referent und nahm ihn am Arm.

Den freiwilligen Wahlkampfhelfern stand tapfere Fassung ins Gesicht geschrieben. Branningsen schüttelte den Regionalvorsitzenden der Reihe nach die Hand. »Danke«, sagte er dabei. »Danke vielmals.«

Sein Referent flüsterte ihm etwas ins Ohr. »Meine Damen und Herren«, sagte Branningsen. »Ich hoffe, Sie haben Verständnis dafür, daß ich mich jetzt ein wenig um meine Familie kümmern muß. Wer schon einmal an einer Stelle wie der meinigen gestanden hat, der weiß, welche Belastungen in solchen Zeiten die Familie zu tragen hat. Sie entschuldigen mich also.« Man entließ ihn mit warmem Beifall.

Im Arbeitszimmer wartete seine Frau. Das war so abgesprochen. Bei einem Wahlsieg wäre sie mit ihm vor die Kameras getreten.

»Guten Abend, Margot«, sagte Branningsen. Der Referent schloß von außen die Tür.

Die Frau im Clubsessel drehte sich um und schwenkte ein Glas. »Auch einen Drink?« sagte sie.

Ich bin ein Mann mit Problemen, dachte Branningsen. Ich

lebe damit, ich habe mich daran gewöhnt. Er goß ein wenig Whisky in ein Glas und füllte es mit Orangensaft auf.

»Igittigitt«, sagte die Frau. »Wie kann man so etwas nur trinken?«

»Man kann«, sagte Branningsen, »wie du siehst. Man kann vieles, von dem du glaubst, daß man es nicht kann. Ich zum Beispiel kann es, ganz im Gegensatz zu dir, in deiner Umgebung aushalten.«

»Olala«, sagte die Frau, »ein Bonmot. Schade, daß keiner von der Opposition da ist, ich wette, die würden dich gleich mit anderen Augen sehen. Vorausgesetzt, die sehen dich überhaupt noch an.«

»Das hast du schön gesagt.« Branningsen ging zu seinem Schreibtisch, aber die Frau rief ihn zurück. »Ja, mein Liebes?« sagte er.

Die Frau legte den Kopf in den Nacken, ließ die Arme seitlich über die Sessellehnen hängen und streckte die Beine aus. »Ich lasse mich scheiden«, sagte sie.

»Fein«, sagte Branningsen, »der Zeitpunkt ist gut gewählt. Ich wollte mich sowieso in absehbarer Zeit ein wenig verändern.«

»Du und dich verändern«, lachte die Frau. »Du irrst dich, wenn du denkst, du könntest mir den tragischen Helden spielen, nur weil ein paar tausend Leute, die weder ich noch du kennen, ihr Kreuzchen anderswo gemacht haben.«

Branningsen schwieg.

»Mein Rechtsanwalt wird deinen in den nächsten Tagen benachrichtigen«, sagte die Frau. »Bis alles geregelt ist, könntest du vielleicht in der Stadtwohnung bleiben. Nicht daß ich in dieser Beziehung altmodisch wäre, aber je schneller du dich daran gewöhnst, desto besser.«

»Ja«, sagte Branningsen.

»Sonst noch Fragen?«

»Wer bekommt die Kinder?«

»Du natürlich«, sagte die Frau. »Als ehemaliger Landesvater bist du bestens geeignet. Vormittags nimmst du sie mit ins Parlament, und nachmittags können sie in deinem Arbeitszimmer bleiben. Wenn deine Sekretärin ab und an nach ihnen sieht, versteht sich.«

»Hast du es ihnen schon gesagt?«

»Aber woher denn, ich werde doch nicht den Dienstweg umgehen. Öffentliche Verlautbarungen sind schließlich deine Sache.« Sie stand auf und suchte ihre Handtasche. »Und jetzt entschuldige mich bitte. Ich brenne darauf, etwas frische Luft zu schnappen.« Sie verließ das Zimmer und warf die Tür geräuschvoll hinter sich ins Schloß.

»Wie immer«, dachte Branningsen und schaltete einen kleinen Fernsehempfänger ein, der auf einem Podest neben seinem Schreibtisch stand. Die Wahlsendung lief noch. Alles war in Aufruhr. Die einlaufenden Auszählungsergebnisse, hieß es, wichen seit kurzem signifikant von den Vorhersagen ab. Man vermutete einen Fehler im Computersystem; die Hochrechnungen seien wahrscheinlich hinfällig. Der tatsächliche Wahlausgang liege völlig im dunkeln, die gesicherten Daten ließen noch keine Schlüsse zu. Man gebe daher zunächst an die Sportredaktion ab. Kurz darauf klopfte es an die Tür.

Branningsen schaltete rasch den Apparat aus, nahm seinen Mantel, schlich zu der Fenstertür, die in den Garten führte, öffnete sie so leise wie möglich und schlüpfte hinaus. Es war kalt und dunkel. Über den Rasen ging er zu einer Tür in der Gartenmauer. Er besaß einen Schlüssel. Die Straße war von Taxis und Dienstfahrzeugen verstopft. Eine Doppelstreife patrouillierte vorbei. Der ältere Polizist grüßte.

Branningsen machte sich auf. Am Ausgang einer U-Bahn-Station stieß er auf eine Gruppe junger Leute. Sie lachten und stießen sich an. Branningsen folgte ihnen. Vor einer Diskothek blieben sie stehen. Sie beratschlagten. Branningsen wandte sich ab und lief eine Zeitlang ziellos durch die Straßen. Den plötzlichen Einfall, eine Striptease-Bar zu betreten, ließ er wieder fallen. Vor einem Kino-Center studierte er die Plakate, aber es lief kein Film, den er hätte ansehen wollen. Ihm wurde langweilig. Er fror. Ich bin abgesetzt, dachte er.

In einer Imbißhalle trank er ein Bier. Unter der Decke hing ein Fernseher, in dem mit abgedrehtem Ton die Wahlsendung lief. Die Graphiken neuer Hochrechnungen wurden präsentiert, farbige Säulen stiegen und sanken. Ich schaue nicht hin, dachte Branningsen und drehte dem Gerät den Rücken zu. Dabei sah er einen Mann, der mit dunkelgrünen Wollhandschuhen einen Plastikbecher voll Kaffee vorsichtig zum Mund führte.

»Statistische Kreuzzüge wider den Ungeist der Wahrheit«, sagte der Mann und wies mit dem Kinn zum Fernseher.

»Wie bitte?« sagte Branningsen.

»Man bannt den Dämon der Individualität«, fuhr der Mann fort. Der Kaffee in dem Plastikbecher war zu heiß, der Mann stellte ihn wieder ab.

»Ich verstehe kein Wort«, sagte Branningsen.

Der Mann sah ihn an. »Nur Zahlen«, sagte er, »unwesenhaft und addierbar, genauso, wie man uns haben will.«

»Interessant«, sagte Branningsen.

»Nein«, sagte der Mann kopfschüttelnd. »Im Gegenteil, langweilig, von geradezu satanischer Langeweile. Die Zeit steht still zwischen den Wahlen. Dann vielleicht ein Erdrutsch, ein Erdbeben, gewaltige Erschütterungen, in jedem Falle Sensationen. Und gleich wieder Stille, Grabesstille, Sie verstehen?«

Branningsen nickte. »Darf ich Sie zu etwas einladen?« fragte er.

Der Mann zog die Augenbrauen hoch. »Ganz wie Sie wünschen«, sagte er. Branningsen musterte ihn. Er war knappe eins siebzig, trug eine Lederkappe, einen schmalen, dünnen Schnurrbart und einen grauen Mantel, aus dessen linker Seitentasche ein langer Schal heraushing. »Einen Magenbitter für mich«, sagte er.

»Ich vermute also, daß Sie sich nicht an der Wahl beteiligt haben?« sagte Branningsen.

»Richtig. Allerdings bin ich hierorts auch nicht ansässig.«

»Sie kommen viel herum?« sagte Branningsen.

»Jawohl. Und das schärft die Sinne. Ewiges Verharren läßt den Geist altern.«

»Aber dann müßten Sie doch ein überzeugter Demokrat sein«, sagte Branningsen und lachte.

»Mein Herr, Sie scherzen«, sagte der Mann streng und richtete sich auf. »Ihre Zugehörigkeit zu den oberen Klassen berechtigt Sie nicht dazu, Spott mit Ihren Mitmenschen zu treiben.« Dann grinste er breit. »Lüders, mein Name«, sagte er. »Bestellen Sie noch einen Magenbitter?« Branningsen bestellte, Lüders trank. Als Branningsen zahlte, fixierte ihn der Imbißbesitzer.

»Kommen Sie, Herr Lüders«, sagte er, »lassen Sie uns das Etablissement wechseln. Sie begleiten mich doch, oder?«

»Sie deuten damit an, die weiteren Kosten des Abends zu übernehmen?«

Branningsen nickte. »Eine kleine Gegenleistung für Ihre freundliche Gesellschaft.«

»Gut«, sagte Lüders. »Ein faires Angebot unter Gentlemen. Und wohin gehen wir?«

»Zu mir nach Hause«, sagte Branningsen. »Etwas essen. Oder sind Sie nicht hungrig?« Lüders zuckte die Achseln.

In seiner Stadtwohnung war Branningsen in letzter Zeit trotz des Wahlkampfes und der vielen Sitzungen kaum gewesen; Margot übernachtete hier, wenn sie Bekannte besuchte.

Im Eisschrank lagen tiefgekühlte Fertiggerichte, die holte er nun hervor und breitete sie auf dem Küchentisch aus. Lüders sah sich um. »Sie gehören in der Tat zu den oberen Klassen«, sagte er, »obwohl ich hinzufügen möchte, daß der Verzehr von Fertiggerichten Sie mit den gemeineren Schichten verbindet.«

»Unsinn«, sagte Branningsen. »Hühnchen mit Beilagen oder Indischer Nudeltopf?«

»Nudeltopf«, sagte Lüders und seufzte.

Branningsen steckte die Fertiggerichte in den Mikrowellenherd und bot Lüders Cognac an. »Gehen Sie voraus ins Wohnzimmer«, sagte er. »Es dauert nur ein paar Minuten.«

Nach dem Essen knickte Branningsen die Alufolienteller zusammen und drückte sie in den Mülleimer. Dann holte er eine Flasche Sekt aus dem Kühlschrank und öffnete sie. »Nun kommen Sie, Lüders«, sagte er, »erzählen Sie ein bißchen aus Ihrem Leben. Sie haben doch sicher schon allerhand gesehen, oder?«

Lüders hatte sich auf die schwarze Ledercouch gesetzt. Er lehnte sich zurück und schlug die Beine übereinander. Den Mantel hatte er abgelegt, darunter trug er einen graubraunen Anzug, einen grünen Rollkragenpullover mit offenem Reißverschluß über einem karierten Hemd. »Da ist nicht viel zu erzählen«, sagte er. »Das Wesentliche schrumpft auf die flächenlose Ausdehnung jenes Punktes, an dem man, aus dem Kreis des Gewohnten herausgeschleudert, eine beliebige Tangente erwischt und auf dieser geradeaus in ein Ungewisses zieht.«

»Hoppla!« sagte Branningsen. »Und worin bestand dieser Punkt?«

»Unwichtig«, sagte Lüders. »Tempi passati. Glücklich ist, wer vergißt, was doch nicht zu ändern ist.«Das letzte sang er mit schmelzender Stimme. »Wie wäre es überhaupt mit

Musik? Die Einrichtung läßt, wenn Sie gestatten, hinter dem Echtholzfurnier Unterhaltungselektronik vermuten.«

»Der zweite Schrank«, sagte Branningsen.

Lüders öffnete ihn. »Ah«, sagte er, »und Klassisches prävaliert. Erlauben Sie uns ein wenig Chopin? Ein vielleicht allzu wohlfeiler Geschmack, ich weiß, aber bedenken Sie, daß derartige Musik in öffentlichen Häusern eine Seltenheit ist.«

Branningsen gab mit einer Handbewegung seine Erlaubnis.

»Chopin wird natürlich überschätzt«, sagte Lüders zu den ersten Klängen einer Etüde. »Es ist Musik für Musiker, überall haben die Fachleute das Sagen. Handwerker bauen die Häuser, und Menschen sollen darin wohnen.«

»Ist das nicht dasselbe?« sagte Branningsen.

»Aber, aber!« Lüders drohte mit dem Zeigefinger. »Diese Naivität steht einem Herrn in Ihrer gesellschaftlichen Stellung schlecht zu Gesicht. Man könnte beinahe denken, Sie hätten sich Vermögen und Rang nur durch Zufälle verschafft. Und das soll man doch nicht, oder?«

Branningsen schüttelte den Kopf.

»Na also.« Lüders lauschte mit gekrauster Stirn einer Passage des Musikstückes. »Im Grunde ein banales Instrument, das Klavier«, sagte er. »Die Schreibmaschine unter den Musikinstrumenten, eine Taste macht ping, die andere pong.« Er machte eine wegwerfende Bewegung.

»Ich denke, es gibt Nuancen«, sagte Branningsen.

»Sicher, sicher.« Lüders lachte. »Das sagen die Fachleute immer.«

»Sie waren wohl niemals Fachmann für etwas?« sagte Branningsen ein wenig unwillig.

»Nein, niemals.« Lüders schüttelte den Kopf.

»Und wie sollte Ihrer Meinung nach alles geregelt werden?« Branningsen schenkte nach.

Die Musik verstummte. Lüders trank vom Sekt. »Sie erwarten jetzt die Antwort eines Clochards«, sagte er ernst. »Etwas biographisches Lokalkolorit, Lebensweisheiten im Narrenkleide, Kindermund und Kauzigkeit, Versponnenes mit grauem Bart und Zwinkeräuglein. Tut mir sehr leid, aber damit kann ich nicht dienen, verehrter Herr Ministerpräsident.«

»Wie kommen Sie darauf?« sagte Branningsen erschrocken.

»Spielen Sie nicht den Harmlosen.« Lüders trat an den Schrank, nahm die Platte vorsichtig vom Teller und schaltete die Anlage aus. »Wenn Sie glauben, Sie könnten sich unters Volk mischen wie weiland der Sultan aus dem Morgenland, dann sind Sie dümmer, als Ihr Amt erlaubt.« Er wartete keine Antwort ab, ging statt dessen zum Fernseher und schaltete ihn ein.

»Was soll das?« rief Branningsen.

»Man muß informiert sein«, sagte Lüders.

Die Moderatoren waren noch nervöser geworden. Der Fehler in den Systemen sei nun annähernd beseitigt, die Hochrechnung wieder verläßlich, aber zur Überraschung aller zeichne sich jetzt ein deutlicher Sieg der Regierungspartei ab. So etwas sei noch nie vorgekommen. Und dazu das rätselhafte Verschwinden von Doktor Johann Branningsen, da gerade jetzt die Stunde des Ministerpräsidenten schlage und alles in Spannung auf seine nächsten Entscheidungen warte. Nach offizieller Verlautbarung habe bislang niemand Kontakt zu ihm.

»Herzlichen Glückwunsch«, sagte Lüders.

»Ich gehe nicht mehr dahin zurück«, sagte Branningsen. »Ich bin damit fertig, endgültig.«

»Interessant.« Lüders zog die Mundwinkel herunter. »Ich sehe Sie also an einem bedeutenden Wendepunkt Ihres Lebens? Sie verlassen den Kreis Ihres Wirkens, eine ungeahnte Kraft reißt Sie plötzlich aus dem Mittelpunkt? Sie ziehen sich zurück, kultivieren Ihr Privatleben, widmen sich wieder dem alten Beruf, den Hobbys, nicht zu vergessen der Familie, die Sie so lange entbehren mußte? Spannend! Und wie schön, es miterleben zu dürfen.«

»Sie haben ja keine Ahnung«, sagte Branningsen.

»Das macht mich stark.« Lüders griff nach seinem Mantel.

»Mag sein. Ich gehe jedenfalls nicht zurück.«

»Tun Sie das! Steigen Sie aus! Weisen Sie Alternativen! Vielleicht schreiben Sie ein Buch darüber. Werden Sie richtungweisend. Das wäre schlau. Wirklich sehr schlau.«

»Wie meinen Sie das?« forschte Branningsen.

»Darauf müssen Sie selbst kommen.« Lüders knöpfte seinen Mantel zu. »Ich verabschiede mich. Ich will Sie weder bei der Ausübung Ihres hohen Amtes noch bei dem schwierigen Akt der Selbstfindung stören. Leben Sie wohl.« Er wandte sich zur Tür.

Branningsen war aufgesprungen, an ihm vorbeigeeilt, und nun baute er sich vor der Wohnungstür auf. »Sie bleiben hier!« schrie er.

»Ich denke nicht daran«, sagte Lüders ruhig. »Ich hatte zu essen und zu trinken. Ich hörte Chopin. Mehr kann und will ich nicht verlangen. Lassen Sie mich gehen, bevor wir uns streiten.«

»Nein!« Branningsen erhob drohend die Hand.

»Lassen Sie mich durch.« Lüders versuchte, den Ministerpräsidenten zur Seite zu drücken. Da packte ihn Branningsen voller Wut und schleuderte ihn von sich. Lüders stolperte und fiel hintenüber. Es gab ein Geräusch, als sein Kopf gegen die Wand schlug. Er sackte zu Boden, aus seinem linken Ohr floß Blut. Er wollte etwas sagen, doch nur Blut kam aus seinem Mund. Dann schloß er die Augen.

Branningsen ging, sich einen Cognac einzuschenken, kam zurück, setzte sich auf den Boden und starrte den Toten an. Ein klarer Fall, dachte er. Ich habe, ermüdet und überanstrengt, wie ich war, einen Spaziergang gemacht. Dabei sprach mich der Mann an, er hatte Hunger, ich lud ihn ein zu mir, gab ihm zu essen und zu trinken. Daraufhin versuchte er, mich auszurauben. Es kam zu einem Kampf, und er fiel unglücklich hin. Wenn man das richtig erzählt, stehe ich besser da als vorher.

Er ging zum Telephon. Nach wenigen Sekunden hatte er seinen Referenten am Apparat. »Ja, hier Branningsen«, sagte er, »ich kann jetzt erklären, warum ich in den letzten Stunden nicht zu erreichen war. Schicken Sie bitte die Polizei in meine Stadtwohnung.« Dann setzte er sich wieder zu Lüders auf den Boden. Der lag da wie ein Bündel. Fürs erste war Kontakt zu den kleineren Parteien aufzunehmen. Sie hatten geschrien, jetzt waren sie verschreckt, und wenn man sie nachsichtig behandelte, hatte man sie gewonnen. Überhaupt, nur keine Konfrontationen, nur nicht nachkarten. Ruhe und Disziplin. Das Staatsmännische immer vor dem Parteigeist.

Branningsen dachte an Margot. Von einem amtierenden Ministerpräsidenten würde sie sich so schnell nicht scheiden lassen. Aber er war gewarnt. Und er war im Vorteil. Er hatte vier Jahre Zeit, die Dinge in seinem Sinne zu regeln.

Es klingelte. Das mußte die Polizei sein. Branningsen ging zur Wohnungstür und öffnete. »Kommen Sie herein, meine Herren«, sagte er, während draußen im Flur die Blitzlichter aufglühten. »Ich habe nichts angerührt.«

Bluthund

An einem Samstagvormittag fuhr Breitholtz den Wagen aus der Garage auf die Einfahrt neben dem Vorgarten, um die Stoßstange zu reparieren. Er öffnete den Kofferraum und breitete die Werkzeuge darin aus. Dann besah er genauer den Schaden. Gestern mittag, als er beim Ausrangieren aus dem Parkplatz vor der Schule einen Betonsockel gerammt hatte, war er nicht einmal ausgestiegen. Aus dem Alter bin ich heraus, hatte er gedacht. Was passiert ist, ist passiert.

Breitholtz sah jetzt, daß die Stoßstange nur wenig beschädigt, aber eine ihrer Halterungen ins Blech gedrückt war. Wenn er vom Kofferraum aus ein paar kräftige Schläge auf die Stelle richtete, würde von außen kaum etwas zu sehen sein. Er nahm einen Hammer und schlug probeweise gegen die Halterung. Es gab einen furchtbaren Lärm. Breitholtz sah in die Straße. Hier standen nur Bungalows mit Vorgärten und Garageneinfahrten. Die meisten der Nachbarn kannte er, und am Samstagvormittag würden einige sicher noch schlafen. Breitholtz ging in die Garage und holte einen Lappen, den er um den Hammer wickeln wollte.

Als er wieder zu seinem Wagen trat, stand ein junger Mann in der Einfahrt, den Breitholtz noch nie gesehen hatte. Er trug zerrissene Jeans und ein weißes ärmelloses Unterhemd. Auf seinen dünnen Oberarm war ein Kreuz in einem Strahlenkranz tätowiert. Neben dem Mann saß ein großer brauner Schäferhund. Breitholtz tat, als sähe er den Mann nicht. Er hatte den Lappen um den Hammer gewickelt und schlug wieder gegen die Stoßstangenhalterung. Es war immer noch sehr laut. Der junge Mann lachte kreischend. Breitholtz wandte sich um.

»Son Quatsch«, sagte der junge Mann und schlug sich mit der Hand an die Stirn. »Son Quatsch hab ich noch nie gesehn!«

Breitholtz beugte sich wieder in den Kofferraum und schlug noch einmal.

Der junge Mann war jetzt nähergekommen. »Total bescheuert«, sagte er. »Das gibt bloß noch mehr Beulen. Ich lach mich fett. Son Scheiß aber auch. Es gibt vielleicht dämliche Leute, wa Hund.« Dabei griff er dem Schäferhund nach der Schnauze, der wich geschickt aus und sprang gleich an dem Mann hoch.

»Sitz, Hund!« rief der junge Mann, und der Hund gehorchte.

»Wenn Sie mir einen Rat geben wollen, tun Sie das«, sagte Breitholtz. »Ansonsten verlassen Sie bitte sofort mein Grundstück.«

»Wat, Alter?« rief der junge Mann. »Wat willste?«

Breitholtz machte einen Schritt auf ihn zu. »Sie sollen mein Grundstück verlassen, und zwar auf der Stelle!«

»Faß, Hund!« rief der junge Mann, und mit einem Sprung war das Tier bei Breitholtz, sprang ihn an und verbiß sich in seinen linken Unterarm.

»Weg!« schrie Breitholtz »Weg! Hilfe!« Er war gegen die Rückfront des Wagens geprallt, den Hammer hielt er noch in der rechten Hand. Der Hund hing mit ganzem Gewicht an seinem Arm und zog ihn herunter auf den Boden. Schon war er über ihm und schnappte nach seiner Kehle.

»Faß, Hund!« rief der junge Mann.

Da holte Breitholtz aus und schlug den Hammer mit aller Kraft auf den Kopf des Tieres. Es gab ein Geräusch. Der Hund ließ los und machte einen Satz nach rückwärts. Dann heulte er auf, stand einen Moment zitternd und brach zusammen. Seine Hinterbeine schlugen in die Luft, und Blut lief aus seiner Schnauze.

Breitholtz hatte sich aufgerichtet. Sein linker Arm war gelähmt vor Schmerz. Sein Hemd war zerrissen, aus der Manschette lief Blut über die Hand. In der Rechten hielt er noch den Hammer. Der junge Mann stand mit ausgebreiteten Armen über dem Hund. »Nein!« schrie er gellend. »Nein, nein, nein!«

»Kommen Sie mir nicht zu nahe«, sagte Breitholtz und hob die Hand mit dem Hammer, doch der junge Mann beachtete ihn nicht, sackte in die Knie und warf sich schreiend über den Hund. Er zog ihn an sich und drückte den blutenden Kopf des Tieres an seine Brust. »Nein«, sagte er, »nein, nein.« Er wiegte das tote Tier und begann laut zu schluchzen. Ein Nachbar erschien vor der Einfahrt.

»Die Polizei«, sagte Breitholtz. »Und einen Arzt.« Er legte den Hammer in den Kofferraum und winkelte mit der rechten Hand seinen verletzten Arm an. Das Blut lief jetzt stärker. Als Polizei und Krankenwagen kamen, lag der junge Mann noch immer schreiend und schluchzend über dem Kadaver des Hundes. Breitholtz saß vor der Eingangstüre des Hauses. Sein Blut lief in ein nasses Handtuch, das ihm seine Frau um den Arm gewickelt hatte.

Bei den amtlichen Untersuchungen herrschte eine Zeitlang Unklarheit, welches Verfahren einzuleiten sei. Der junge Mann behauptete, Breitholtz habe ohne Grund und ohne Warnung auf den Hund eingeschlagen, worauf das Tier ihn gebissen habe. Zeugen gab es nicht, es stand Aussage gegen Aussage. Aber der junge Mann war Polizei und Gerichten bekannt, er hatte mehrere Jugendstrafen nach Einbrüchen und Diebstählen verbüßt. In einem Fall von schwerer Körperverletzung war er zu einer Bewährungsstrafe verurteilt worden. Den Ausschlag gab endlich die Einvernahme des Vorsitzenden eines Schäferhund-Vereins, auf dessen Anlage der junge Mann mit seinem Hund trainiert hatte.

»Der paßte nicht zu uns«, sagte der Vereinsvorsitzende. »Der war so jähzornig und so aggressiv. Wissen Sie, wenn man mit dem Hund arbeitet, muß man die Ruhe selbst sein. Sonst überträgt sich das auf das Tier.«

»Ja ja«, sagte die Staatsanwältin, ob er ihm denn etwas wie das Geschehene zutraue?

»Ich kann keinen Menschen belasten«, sagte der Vorsitzende. »Er war ganz verrückt nach dem Tier. Stellen Sie sich vor: Der Hund hatte keinen Namen. Er rief ihn einfach ›Hund‹. Haben Sie dafür Verständnis?«

»Beantworten Sie bitte meine Frage«, sagte die Staatsanwältin.

»Ich weiß nicht«, sagte der Vorsitzende. »Wir haben natürlich alle gesagt, da passiert noch mal was.«

»Danke«, sagte die Staatsanwältin. Sie entließ den Vorsitzenden und bereitete die Anklage vor. Über den Ausgang des Prozesses konnte kein Zweifel bestehen, die Unterlagen sprachen eine deutliche Sprache. Für alle Fälle wurde ein psychiatrisches Gutachten in Auftrag gegeben. Einige Monate später begann der Prozeß. Nach der ersten Einvernahme des jungen Mannes sagte Breitholtz aus, dann kamen die Leumundszeugen. Für Breitholtz sprach der Direktor seiner Schule. »Der Kollege Breitholtz ist ein erfahrener Pädagoge«, sagte der Direktor, und es sei undenkbar, daß ein Mann wie er sich ohne Not zu einer solchen Tat hinreißen lasse.

Nach einer Verhandlungspause wurde der psychologische Gutachter gehört. Der Angeklagte sei eine problematische Persönlichkeit, sagte der Gutachter. Seine Beschäftigung mit dem Hund sei als Ausgleich für das gestörte Verhältnis anzusehen, das er zu seinen Mitmenschen habe. Leider sei das Aggressive durchgebrochen. Man dürfe aber beim Strafmaß nicht vergessen, daß der Verlust des Hundes einen schweren Schlag für den Angeklagten bedeute. Seine Fixierung auf das Tier lasse den jetzigen Zustand als persönlichkeitsbedrohend erscheinen.

Der junge Mann wurde wieder aufgerufen. Er beteuerte, Breitholtz habe den Hund grundlos getreten, das Tier habe sich daraufhin zur Wehr gesetzt, und Breitholtz habe es ohne Vorwarnung erschlagen. Der Richter stellte Nachfragen, und der junge Mann verwickelte sich in Widersprüche zu seiner ersten Aussage. Als die Staatsanwältin ihm die Widersprüche vorhielt, wurde er laut und ungehalten. Alles sei gewesen, wie er es sage. Schließlich bat sein Verteidiger, mit ihm reden zu dürfen. Der Verteidiger sprach leise auf den jungen Mann ein. Der schüttelte nur den Kopf und zog die Schultern hoch. Der Verteidiger nahm ihn am Arm.

»Nein«, rief der junge Mann plötzlich und stieß den Verteidiger zurück. »Ich soll mich entschuldigen? So eine Scheiße! Das Schwein schlägt meinen Hund tot, und ich soll mich entschuldigen?« Er wies auf Breitholtz. »Mit einem Hammer«, schrie er. »Gezuckt hat er noch einmal, der arme Hund, und dann ist er hingefallen, und alles war voll Blut!«

»Seien Sie ruhig«, sagte der Richter. Ein Gerichtsdiener verließ seinen Platz an der Türe und stellte sich zwischen den jungen Mann und die Zeugenbank, aber der junge Mann war auf seinen Stuhl gesunken, und er begann laut aufzuschluchzen. »Der Hund«, rief er, »der arme, arme Hund! Was kann denn der arme Hund dafür?«

»Bringen Sie Ihren Mandanten zur Ruhe«, sagte der Richter zum Verteidiger. Dann folgte der Strafantrag der Staatsanwältin, der Verteidiger bat um Milde für den Angeklagten. Das Gericht zog sich zur Beratung zurück.

Breitholtz saß auf der Zeugenbank. Er hatte sich keine Vorwürfe zu machen. Obwohl der Vorfall schon einige Monate zurücklag, war die Verletzung an seinem Arm noch nicht völlig verheilt. Er trug zum Schutz einen Verband, und ab und zu traten ein wenig Eiter oder Blut aus der Wunde. Der Arzt hatte von einer Infektion gesprochen, und die Antibiotika hatten bei Breitholtz eine Allergie ausgelöst, sein Hals war mitunter voller roter, juckender Stellen. Wenn er den Hund nicht erschlagen hätte, hätte der Hund ihn getötet.

Nach zehn Minuten wurde das Urteil verkündet. Der junge Mann erhielt zwölf Monate Haft ohne Bewährung. »Ihr Schweine!« schrie er in die Urteilsbegründung, und der Richter schloß ihn vom Verfahren aus.

In den folgenden Wochen dachte Breitholtz oft an den Vorfall, wenn sein Arm ihn schmerzte und die Wunde Sorgen bereitete. Endlich verheilte der Biß, und es bildete sich eine breite, gezackte Narbe. Im Sommer, als Breitholtz mit bloßem Oberkörper im Garten arbeitete und dabei braun wurde, blieb die Narbe weiß oder rötlich. Im Herbst begann sie wieder zu schmerzen; der Arzt beruhigte ihn, wahrscheinlich würde er jetzt Schnee vorhersagen können.

Kurz vor Weihnachten erhielt Breitholtz Post von einer amtlichen Stelle. Man teilte ihm mit, daß der junge Mann vorzeitig entlassen werde und seine Strafe zur Bewährung ausgesetzt sei. Der Bewährungshelfer bat sehr nachdrücklich um ein Gespräch. Breitholtz zeigte den Brief seiner Frau. »Eine Unverschämtheit«, sagte sie. »Du hast schon die ganzen Schereien gehabt. Was können die denn noch wollen?«

Breitholtz zuckte die Schultern. Er telephonierte und bestellte den Bewährungshelfer in eine seiner Freistunden in die Schule. Dort saßen sie dann in einer ruhigen Ecke des Lehrerzimmers.

»Ich bin mir darüber im klaren, daß es eine Zumutung für Sie ist«, sagte der Bewährungshelfer. »Aber Sie sind Pädagoge. Ich dachte mir, wenn einer dafür Verständnis haben kann, dann sind Sie es als Pädagoge.«

Breitholtz nickte. »Verständnis«, sagte er. »Ich unterrichte Kinder in Englisch und Geographie. Mit Leuten, die Hunde auf ihre Mitmenschen hetzen, habe ich keine Erfahrung.«

»Es ist ja nur eine kleine Geste«, sagte der Bewährungshelfer. »Es kostet Sie auch nichts. Und Sie hätten seine Zelle sehen müssen. Überall Photos von Hunden, Bücher über Hunde. Er kann es einfach nicht verwinden. Wenn Sie ihm einen Hund schenkten, dann müßte er das als Verpflichtung verstehen.«

»Er wird es als Entschuldigung verstehen«, sagte Breitholtz. »Ihre Psychologie ist nichts wert. Er wird denken, ich fühlte mich schuldig.« Sie argumentierten noch eine Zeitlang. »Außerdem will ich mit der Sache nichts mehr zu tun haben«, sagte Breitholtz. Der Bewährungshelfer seufzte und griff nach seiner Aktentasche. Breitholtz hielt ihn zurück. »So war das nicht gemeint«, sagte er. »Ich tue es, aber es geht auf Ihre Verantwortung.« Der Bewährungshelfer drückte ihm die Hand. »Sie werden sehen, wir haben Erfolg«, sagte er.

Ein paar Tage später stand Breitholtz im Schnee vor der Einfahrt zu seiner Garage. Er wartete auf den Bewährungshelfer, zusammen wollten sie im Tierheim einen Hund abholen. Als Breitholtz in den Wagen stieg, reichte er dem Bewährungshelfer einen Zettel mit einer Adresse. »Wir fahren dahin«, sagte er. Der Bewährungshelfer sah ihn fragend an.

»Sie haben einen Fehler gemacht«, sagte Breitholtz. »Wenn

wir ihm eine Promenadenmischung aus dem Tierheim bringen, fühlt er sich abgespeist. Ein Schäferhund ist eben ein Schäferhund. Der hat Rasse und einen Stammbaum, da liegt es noch ganz an der Erziehung, was aus dem Tier wird.«

»Das geht nicht«, sagte der Bewährungshelfer. »Ein junger Schäferhund mit Stammbaum kostet ein Vermögen. Das Geld dafür kriege ich niemals durch.«

»Ich zahle«, sagte Breitholtz. »Ich habe es mir überlegt. Wenn ich es mache, kann mir niemand die Verantwortung abnehmen. Also mache ich es richtig.«

Sie fuhren zu einem Züchter außerhalb der Stadt. Breitholtz hatte telephoniert, und alles stand bereit. Nach Abwicklung der Formalitäten luden sie den tapsigen jungen Hund mitsamt einem kleinen Strohkorb ins Auto und fuhren zurück in die Stadt. Vor einem kleinen Siedlungshaus hielten sie an.

»Er weiß von nichts?« fragte Breitholtz noch einmal. Der Bewährungshelfer schüttelte den Kopf, dann stiegen sie aus und klingelten an der Haustüre. Eine ältere Frau öffnete. Als sie Breitholtz und den Hund sah, den er auf dem Arm trug, schlug sie eine Hand vor den Mund und schrie. »Dietmar!« rief sie, »Dietmar, komm mal schnell!« Der junge Mann erschien hinter ihr auf der Treppe. Er beugte sich über das Geländer. Er trug nur eine Trainingshose und ein Unterhemd, sein Haar war zerzaust. »Gibts doch nicht«, sagte er leise und trat neben die Frau.

»Dürfen wir hereinkommen?« sagte der Bewährungshelfer.

Die Frau schlug noch einmal die Hand vor den Mund. »Um Gottes willen«, sagte sie, »kommen Sie nur. Es ist aber nicht aufgeräumt. Sie dürfen nichts ansehen. Mein Mann hat Nachtschicht.« Sie ging voran in ein kleines Wohnzimmer. Breitholtz und der Bewährungshelfer folgten ihr. Der junge Mann schloß die Tür und blieb mit dem Rücken zur Wand stehen. »Setz dich doch, Dietmar«, sagte die Frau. Der junge Mann schüttelte den Kopf.

»Nun komm, Dietmar«, sagte der Bewährungshelfer, und der junge Mann setzte sich rittlings auf einen Stuhl. Er schaute den Hund an, der sich in Breitholtz' Armen zu winden begann.

»Du kannst dir vielleicht schon denken, warum wir gekommen sind«, sagte der Bewährungshelfer. »Aber ich möchte, daß du das ganz genau verstehst. Ich hatte vorgeschlagen, dir einen Hund aus dem Tierheim zu schenken. Nicht wahr, du wolltest doch wieder einen Hund haben? Und da hat Herr Breitholtz gesagt, es soll nicht irgendein Hund sein. Er hat dir diesen Hund gekauft. Hast du verstanden, Dietmar?«

Der junge Mann nickte. Breitholtz trat zu ihm, den Hund noch auf dem Arm. »Er heißt Astor«, sagte er. »Es ist ein Rüde von elf Wochen. Seine Eltern sind Bundessieger. Er ist kerngesund, alle Impfungen sind im Paß eingetragen. Hier, nehmen Sie ihn. Er gehört jetzt Ihnen.« Breitholtz hielt den Hund von sich. Der junge Mann wollte ihn nehmen, aber die Lehne des Stuhls war ihm im Wege, und er mußte das Tier hoch an seine Brust drücken, um es halten zu können. Der Hund drehte sich auf den Rücken und leckte sein Gesicht.

»Sag doch was, Dietmar!« rief die Frau. »Mein Gott, so ein Hund kostet doch ein Vermögen.«

»Sie wissen, daß das keine Entschuldigung ist«, sagte Breitholtz zu dem jungen Mann. »Ich war anfangs dagegen. Ihr Bewährungshelfer hat mich überzeugt.« Er sah auf die Uhr. »Sie haben sicher noch viel zu tun vor den Feiertagen«, sagte er zu der Frau. »Wir wollen dann jetzt gehen.« Der Bewährungshelfer erhob sich, und sie gingen zur Tür. Die Frau öffnete ihnen, der junge Mann blieb sitzen und drückte das Gesicht in das Fell des Hundes. »Er ist nun einmal so«, sagte der Bewährungshelfer auf der Rückfahrt. »Dank konnten Sie keinen erwarten.«

»Ich weiß«, sagte Breitholtz. Als er ausstieg, wünschte er dem Bewährungshelfer ein frohes Weihnachten. »Ich bin Pädagoge«, sagte er. »Ich erwarte keinen Dank.«

An einem sonnigen und warmen Morgen im April ging Breitholtz alleine durch die Stadt; er hatte zwei Freistunden zu überbrücken. In einer Fußgängerstraße sah er zwischen ein paar Stadtstreichern auf einer Bank den jungen Mann sitzen. Zu seinen Füßen lag der Hund. Er war viel größer geworden, sein Fell war glatt und glänzend schwarz. Breitholtz trat hinzu. Als der junge Mann ihn erkannte, rief er den Hund, und der sprang auf seinen Schoß.

»Sie haben noch keine Arbeit?« sagte Breitholtz.

Der junge Mann schüttelte den Kopf und nahm dem neben ihm Sitzenden eine Rotweinflasche aus der Hand.

»Ich weiß nicht, ob das Ihre Schuld ist«, sagte Breitholtz. »Aber wenn Sie schon keine Anstellung haben, sollten Sie wenigstens mit dem Hund arbeiten. Das ist doch keine Beschäftigung für so ein Tier, hier auf den Steinen herumzusitzen. Der muß hinaus und laufen.«

»Wat will der Kerl von dir?« sagte einer der Stadtstreicher. »Will der wat von dir?«

»Schnauze«, sagte der junge Mann. Er raufte mit dem Hund auf seinem Schoß. »Die lassen mich nicht«, sagte er, »ich hätte dem Verein Schande gemacht.«

»Der Verein ist nichts für Sie«, sagte Breitholtz. »Wozu brauchen Sie einen Verein?«

»Die Bahnen«, sagte der junge Mann, »und das Gatter, wo der Hund drüberspringt.«

»Unsinn«, sagte Breitholtz. »Freies Gelände ist überall.

Wenn der Hund springen muß, soll er springen. Das findet sich doch.«

»Und der Täter, wer macht den?«

»Wie bitte?«

»Na, der Täter. Der hat einen Overall an und einen Wattearm.«

»Ach so«, sagte Breitholtz. Er machte noch einen Schritt auf den jungen Mann zu und streckte die Hand nach dem Hund aus. »Ich bin ein bißchen enttäuscht«, sagte er. »Ich dachte, damit sollte Schluß sein. Ein Hund ist keine Waffe. Er muß ausgebildet werden, damit er nicht verkommt. Das eine hat nichts mit dem anderen zu tun.«

Der junge Mann zuckte die Schultern.

»Es ist Ihr Hund«, sagte Breitholtz, »aber ich habe die Verantwortung übernommen. Ich tue das nicht gerne, das sage ich Ihnen, doch was man tut, muß man richtig tun. Ich mache Ihnen einen Vorschlag. Wir treffen uns am Freitag und fangen mit den einfachen Übungen an. Sie kennen sich da aus, oder?«

»Klar«, sagte der junge Mann. Sie vereinbarten einen Treffpunkt hinter den Schrebergärten am Kanal. Abends berichtete Breitholtz seiner Frau von dem Treffen. Sie schüttelte den Kopf. »Du weißt nicht, worauf du dich einläßt«, sagte sie.

»Natürlich weiß ich es nicht«, sagte Breitholtz. »Aber kann ich vorbeigehen und tun, als sei nichts geschehen? Ich habe einen Hund erschlagen. Es war furchtbar. Ich habe mit aller Kraft zugeschlagen. Der linke Arm war wie gelähmt, und der rechte gehörte mir nicht mehr. Es war schrecklich, wie er sich über den Hund warf. Hast du gesehen, auf der Einfahrt ist noch immer ein Blutfleck?«

»Ach was«, sagte die Frau und lachte, »das sind rote Bete. Mir ist vorige Woche ein Glas hingefallen, als ich die Einkäufe aus dem Auto holte.« Sie legte Breitholtz einen Arm um die

Schultern. »Du solltest dir keine Gedanken machen«, sagte sie.

»Ich habe den Hund gekauft«, sagte Breitholtz. »Ich habe infolgedessen die Verantwortung.« Er ging ins Wohnzimmer und schaltete den Fernseher ein.

Am Freitagnachmittag wartete Breitholtz auf dem Parkplatz hinter den Schrebergärten auf den jungen Mann und den Hund. Eine Viertelstunde zu spät erschienen die beiden auf dem Weg vom Kanal. Breitholtz versuchte, seinen Ärger zu bezwingen. Der junge Mann ging langsam, der Hund lief zwischen seinen Beinen, lief voraus und wieder zurück, sprang an ihm hoch und schnappte nach seiner Hand.

»Da sind Sie endlich«, sagte Breitholtz. Er wies in die Richtung des Kanals. »Hier ist freies Feld«, sagte er. »Hier stören wir niemanden, und niemand stört uns.« Er ging in die Hocke und rief den Hund, der sich ein paar Meter abseits auf dem Rücken im Gras wälzte. »Astor!« rief er.

»Der heißt nicht so«, sagte der junge Mann. »Astor ist Schwachsinn. So heißen Hotels oder so.«

»Und wie nennen Sie ihn?«

»Hund«, sagte der junge Mann grinsend und zündete sich eine Zigarette an.

»Das ist kein Name«, sagte Breitholtz. »Und man kann es nicht rufen. Ein Hundename muß zwei Silben haben, damit man ihn rufen kann. Wie Hector oder Harras.«

»Dann Hundi«, sagte der junge Mann.

»Das ist lächerlich.« Breitholtz erhob sich. »So kommen wir nicht weiter. Wir bleiben bei Astor. Rufen Sie ihn so. Wenn Sie mit ihm herumalbern, können Sie ihn nennen, wie Sie wollen. Es ist außerdem Zeit anzufangen. Geht er überhaupt schon an der Leine?«

Der junge Mann zog Leine und Halsband aus der Tasche

und legte sie dem Hund an. Dann ging er mit ihm ins Feld hinein. Der Hund schnappte nach der Leine und verhedderte sich darin. Der junge Mann gab ihm einen Klaps auf die Nase. »Geht doch gut«, sagte er.

»Es sieht furchtbar aus«, sagte Breitholtz. »Er muß ruhig neben Ihnen gehen.«

Der junge Mann löste das Halsband wieder. »Das gibt sich«, sagte er. »Der ist ja noch jung, der Hund, der Astor.« Er blies dem Hund auf die Nase. Der machte einen Satz nach hinten und sprang mit einem hellen Kläffen gleich wieder auf den jungen Mann. »Paß auf, die Zigarette!« rief der. Sie balgten miteinander.

»Dann sollten wir jetzt Gehorsam üben«, sagte Breitholtz. »Ich nehme den Hund mit, hundert Meter, und Sie rufen ihn dann.« Seufzend befestigte der junge Mann wieder das Halsband und drückte Breitholtz die Leine in die Hand. Der ging in das Feld hinein. Der Hund folgte ihm zuerst widerwillig, dann zog er an der Leine. »Kommst du«, sagte Breitholtz. Schließlich legte sich der Hund auf den Rücken. Breitholtz blieb stehen. »Ich mache ihn jetzt los, und Sie rufen ihn«, sagte er, aber kaum hatte er die Leine gelöst, rannte der Hund mit langen Sätzen zurück zu dem jungen Mann. Langsam ging Breitholtz ihm nach. »Hier, die Leine«, sagte er. Dann setzte er sieh auf den Boden ins Gras.

»So geht das nicht«, sagte der junge Mann. »Entweder man macht das richtig, im Verein, oder man läßt es. Mögen Sie eine Zigarette?«

Breitholtz nahm eine. Plötzlich fiel ein Schuß. Er kam von einem Waldstück, etwa fünfhundert Meter entfernt. Die beiden Männer sahen sich um. Der Hund spitzte die Ohren, stand einen Moment still, dann rannte er los in die Richtung, aus der der Schuß gekommen war.

»Hund!« schrie der junge Mann. »Hund! Komm zurück!«

Er packte Breitholtz an der Schulter. »Los, kommen Sie! Hinterher!« schrie er.

Breitholtz blieb sitzen. »Wieso?« sagte er. »Der kommt schon zurück.«

»Idiot!« schrie der junge Mann. »Da sind Jäger!« Er lief los. »Hund!« schrie er. »Hund!«

Breitholtz stand auf. Jäger könnten den Hund für ein Wild halten. Oder für einen wildernden Hund. Trug er überhaupt eine Marke? Langsam ging Breitholtz hinter dem jungen Mann her. Der hatte schon das Waldstück erreicht und war darin verschwunden. Breitholtz hörte ihn noch rufen, er blieb stehen und sah sich um. Wenn Jäger da waren, mußten sie in dem Waldstück oder dahinter sein. »Kommen Sie zurück!« rief er, dann lief er auf das Waldstück zu. Er rannte hinein, trockene Äste brachen unter seinen Füßen, der Boden unter dem Laub war tief und feucht. Breitholtz blieb wieder stehen. Er hörte nichts, keine Schritte, kein Atmen. »Hallo!« rief er.

»Hier«, antwortete es.

»Wo sind Sie?« rief Breitholtz.

»Hier! Ich kann mich nicht bewegen.«

»Ich sehe Sie nicht«, rief Breitholtz. »Sagen Sie was, damit ich Sie finde.«

»Hund«, rief der junge Mann. »Hund, wo bist du?« Bald darauf fand Breitholtz ihn in einem tiefen Graben liegen. »Scheiße«, sagte der junge Mann, als Breitholtz über ihm stand. »Das ist ein Schützengraben. Ich kenne die. Ich wollt drüberweg springen, da bin ich abgerutscht. Mein Fuß.«

Breitholtz stieg herab. Vorsichtig zog er den Turnschuh des jungen Mannes aus. Der Knöchel war blau angelaufen und geschwollen. »Verstaucht«, sagte Breitholtz, »vielleicht sogar gebrochen. Sie müssen ins Krankenhaus. Ich werde Sie hier herausholen und zum Auto bringen.«

»Das geht nicht«, sagte der junge Mann. »Ich bin zu schwer, und der Graben ist zu tief.«

Breitholtz schüttelte den Kopf. Er ging den Graben entlang, bis er eine Stelle fand, an der das Erdreich abgerutscht war. Dann ging er zurück zu dem jungen Mann und zeigte ihm, wie er ihn tragen wollte. »Legen Sie die Arme um meinen Hals«, sagte er. Dann hob er den jungen Mann hoch, legte ihn über die Schulter und trug ihn aus dem Graben und aus dem Waldstück.

Der junge Mann stöhnte. »Und der Hund?« sagte er. Sein Kopf hing auf Breitholtz' Rücken. »Was wird aus dem Hund?«

»Ich weiß es nicht«, sagte Breitholtz. »Sie müssen schnell ins Krankenhaus. Der Hund muß auf sich selbst achtgeben.«

»Aber die Jäger«, sagte der junge Mann. Er stöhnte wieder vor Schmerz. »Die knallen ihn ab.«

»Ich habe keine Jäger gesehen«, sagte Breitholtz. »Wir können uns getäuscht haben.«

»Scheiße«, sagte der junge Mann. »Hund! Hund!« Er begann zu weinen.

»Reißen Sie sich zusammen«, sagte Breitholtz. »Und bewegen Sie sich nicht. Sie sind schwer genug.«

Als sie zu dem Parkplatz vor den Schrebergärten kamen, saß der Hund neben Breitholtz' Wagen. Ein paar Kinder spielten mit ihm. Als er die beiden bemerkte, lief er auf sie zu und sprang an Breitholtz' Rücken hoch. Der junge Mann versuchte, den Kopf zu heben. »Hund«, rief er, »da bist du ja!«

Vorsichtig stellte Breitholtz den jungen Mann neben dem Wagen ab. Der schrie jetzt vor Schmerz. Breitholtz öffnete die hintere Wagentüre und half ihm, sich auf die Sitzbank zu legen. Dabei sprang der Hund in den Wagen. Der junge Mann nahm ihn in die Arme. Er drückte den Kopf des Hundes an seine Brust und weinte laut.

Breitholtz fuhr zu einem Krankenhaus. Der junge Mann wurde auf eine Bahre gelegt. »Der Hund muß draußen bleiben«, sagte ein Krankenwärter. »Nein!« rief der junge Mann.

Breitholtz trat neben die Bahre. »Es geht nicht«, sagte er. »Sie haben dafür Verständnis. Ich sorge für den Hund. Sie kriegen einen Gips. In ein paar Tagen dürfen Sie nach Hause, dann komme ich, und wir fahren mit dem Hund hinaus. Machen wir es so?«

»Ja«, sagte der junge Mann. Die Krankenwärter trugen die Bahre hinein. Breitholtz nahm den Hund an die Leine und zog das widerstrebende Tier ins Auto. Zu Hause mußte er ihn aus dem Wagen und ins Haus ziehen. Er ging gleich in den Garten, schloß die Türen zum Haus und ließ das Tier von der Leine. Dann setzte er sich auf einen Gartenstuhl. Der Hund lief am Gartenzaun entlang, bellte einmal, roch an den Türen zum Haus, lief dann wieder zum Gartenzaun. Schließlich setzte er sich in die Mitte des Rasens.

»Komm her!« rief Breitholtz. »Astor! Hund!«

Der Hund spitzte die Ohren, dann kam er langsam herüber. Einen Meter vor Breitholtz blieb er stehen.

»Komm«, sagte Breitholtz und streckte die Hand aus. Der Hund kam näher und setzte sich neben den Gartenstuhl. Breitholtz kraulte ihm Kopf und Nacken. Der Hund zitterte, und bei jedem Atemzug stieß er einen hellen, klagenden Ton aus.

Die Schiffstaufe

Heinrich Groethusen starb nicht. Er wurde alt, sehr alt, und er starb nicht. Aber das Nichtsterben ist ein unauffälliger Vorgang, lange bleibt es unbemerkt, während jedes Sterben große Aufmerksamkeit erregt. Das gilt freilich nur für Friedenszeiten, im Krieg herrschen andere Regeln.

Und also gab es keinen Grund, ausgerechnet Groethusens fortdauerndes Leben als befremdlich zu empfinden. Nicht einmal Groethusen selbst nahm sich für einen Ausnahmefall. Seine Kindheit war glücklich und unbeschwert gewesen, als junger Mann zog er in den Krieg, schon alternd erlebte er ihn noch einmal. Zwischen den Kriegen war er Handwerker, dann Prokurist in der gleichen Firma. Es folgte ein allgemeiner Neubeginn, in dessen Verlauf Groethusen zum Unternehmer wurde. Er zeugte Kinder, deren Geburt Anlaß zur Freude gab. Seine Eltern starben, Freunde blieben im Krieg, ein Bruder schied früh und todkrank aus dem Leben, Groethusen unterstützte die Hinterbliebenen. Er galt als vitaler Mann.

Unmerklich vollzog sich die Wandlung, und nur sehr langsam wurde Groethusen zu einem, der noch nicht tot war. Mit siebzig überschrieb er die Firma seinen Kindern, zog sich bald darauf aus den Geschäften zurück, spielte gerne mit den Enkeln und saß oft nachmittags im Garten hinter dem Haus.

Bald war er ein alter Mann, das beunruhigte niemanden, das forderte nur Hochachtung und Respekt.

Nur einmal, in einem Satz, der kaum gehört und schnell vergessen wurde, erschien die Tatsache Groethusens fortdauernden Lebens. Es war nämlich ein Enkelkind, kaum drei Jahre alt, an einer Krankheit gestorben, und als Groethusen an dem offenen Gräblein stand, sagte einer, der es nicht persönlich meinte: »Und der alte Mann lebt noch.«

Weiterhin blieb Groethusens Überleben kein Grund für Aufmerksamkeit oder gar Besorgnis. Daran änderte sich nichts, als sich um ihn herum bald die Todesfälle häuften. Seine Frau starb, nach und nach starben seine Altersgenossen, Freunde und Geschwister. Und als sein ältester Sohn, der Nachfolger in der Firma und selbst schon in den Sechzigern, einer langwierigen Krankheit erlag, sagte Groethusen, der, auf seine jüngste Tochter gestützt, vom Friedhof ging, das habe nun keine Richtigkeit mehr, und die Reihe sei längst an ihm gewesen.

Man bat ihn, nicht so zu sprechen, bald jedoch schlug die Tochter vor, Groethusen solle in ein Seniorenheim ziehen, er habe dort bessere Pflege. Es geschah mit Groethusens Einverständnis, und der alte Mann lebte von nun an zwischen anderen Greisen und Greisinnen, die nur kurz seine Nachbarn waren und eilig starben. Umschichtig besuchten ihn die Kinder und Enkel, Großenkel waren schon dabei, alt genug, sich zu langweilen. Man erzählte dem freundlich nickenden Alten vom Geschäft, von den Sorgen und von den Verwandten, deren Namen er immer häufiger verwechselte. Man stellte Fragen nach seiner Gesundheit und seinem Befinden. Doch viel war nicht mehr zu reden, und in Groethusens Gesundheitszustand trat keine Änderung mehr ein. Mit seinem Einzug ins Seniorenheim hatte er die Fähigkeiten verloren, die er dort nicht mehr brauchte. Er war vergeßlich geworden, aber er vergaß nur das Unwichtige. Seine Sehkraft und sein Gehör hatten nachgelassen, aber in seinem Zimmer fand er sich zurecht, und lesen konnte er beinahe ohne Brille. Das Gehen fiel ihm schwer, aber die kurzen Wege im Heim bewältigte er ohne Hilfe.

So wird Groethusen hundert Jahre alt, gebührend gefeiert und im Kreise seiner stattlichen Familie. Ein Telegramm des Ministerpräsidenten trifft ein, der Vertreter des Bürgermeisters überreicht persönlich einen Scheck, den Groethusen in Gegenwart der Presse für einen wohltätigen Zweck spendet. Rüstig nennen ihn die Verwandten, bis auf die jüngste Tochter sind es nur noch Enkel, Urenkel und Ururenkel. Mit ihrer Erlaubnis legt ein Photograph Groethusen seinen jüngsten Nachkommen in den Schoß, und alle stellen um den Greis ein Familienphoto. Gegen sechs sind die Feierlichkeiten vorbei, Groethusen bedarf der Schonung.

Als kurz darauf die Tochter stirbt, verlieren die Verwandten zunehmend den Kontakt. Groethusen ist jetzt endgültig einer, der noch nicht tot ist. Man besucht ihn wie eine Institution, aus Gewohnheit und mit Widerwillen. Dabei bindet der Alte kein Geld, längst ist das Unternehmen verkauft und alles vielfach geteilt. In das Heim hat man ihn auf Lebzeit eingekauft, und aus den Zinsen eines kleinen Vermögens nimmt er das wenige, das er verbraucht. Allmählich schlafen die Besuche ganz ein. Groethusen beschwert sich nicht darüber, er schreibt Briefe zu Geburtstagen und Trauerfällen und erhält dafür Urlaubskarten, die er in einem Kasten sammelt.

Kein Zustand dauert in Groethusens Leben so lange wie dieser. Seine Tage gleichen einander aufs Haar, nur unterbrochen von den Geburtstagen, zu denen jetzt immer offizielle Vertreter gratulieren, deren Rang mit seinem Alter steigt. Zum hundertzwanzigsten Geburtstag erscheint der Ministerpräsident selbst. Groethusen, ein Schatten, ein Gerippe, so wenig Mensch, wie es zum bloßen Leben braucht, trägt einen schwarzen Anzug, denn Tage zuvor hat er Nachricht erhalten, daß ein Enkel in hohem Alter gestorben ist. Er bekommt Blumen und eine Urkunde, die verbrieft, daß er der älteste Mensch im Lande ist, seit Menschengedenken zudem. Die Pflegeschwestern werden zu einem Gruppenphoto gestellt.

In den folgenden Jahren wird Groethusen eine lokale Größe. Er hat häufig Besuch von der Presse, seine Geburtstage fallen günstig in den Sommer und werden immer ausführlicher reportiert. Bei Jubiläen und historischen Anlässen holt man Groethusens Erinnerungen ein, für die Rubrik ›Vor hundert Jahren‹ ist er ständiger Augenzeuge. Groethusen verläßt sogar wieder das Heim. Die Anfragen häufen sich, ob man ihn als Ehrengast gewinnen könne, und die Ärzte haben nichts einzuwenden. Vorsichtig setzt man Groethusen in einen Rollstuhl und schiebt ihn in ein Spezialauto, durch dessen hohe Scheiben er die Straßen und Häuser und Menschen betrachten kann. Später rollt man ihn dann in eine Ehrenloge, an den Kopf einer Tafel oder auf ein Podium und neben einen Lorbeerbaum. Im Freien ist stets ein Schirm als Schutz gegen Regen und Sonne über ihn gespannt. Die Festredner erwähnen gern seinen Namen und rufen ihn zum Zeugen der Geschichte. Groethusen nickt dazu. Manchmal erhält er selber ein Mikrophon, und dann grüßt er mit fester Stimme die Zuhörer und bedankt sich dafür, all das noch erleben zu dürfen.

Auf einer dieser Veranstaltungen wurde ein auswärtiger Verleger auf Groethusen aufmerksam. »Erstaunlich rüstig«, sagte er anderntags zu seinen engsten Mitarbeitern. »Natürlich wird da an eigentlicher Biographie wenig zu holen sein.«

Er habe sich erkundigt, der Mann sei zwar zuletzt Unternehmer gewesen, aber alles nur im lokalen Rahmen. »Jedoch«, und der Verleger machte eine wissende Miene, »die Zahl, meine Herren, die Zahl. Der Mann geht auf die Hundertfünfundzwanzig.« Er wundere sich überhaupt, warum ihm noch kein anderer Verlag zuvorgekommen sei. Eile jedenfalls sei geboten.

Man ließ Hoffmann kommen, einen jüngeren Lektor, und erläuterte ihm die Angelegenheit. Die Vertragsgespräche würde der Verleger selbst führen, dann solle er quasi als Ghostwriter oder als eine Art Protokollführer die Sache übernehmen. Er wisse sicher, wie das anzufangen sei, und man lasse ihm weitgehend freie Hand. »Die Sache geht natürlich auf Honorar«, sagte der Verleger. Hoffmann machte ein erfreutes Gesicht.

»Ghostwriter ist übrigens gut«, sagte der Verleger. Die anderen lachten.

Wenige Tage später führte eine Krankenschwester den Verleger zu Groethusens Zimmer. Sie mache sich ein wenig Sorgen wegen des alten Mannes. »Geht es ihm etwa schlechter?« rief der Verleger. Nein, aber die vielen Termine und die vielen Leute, sie wisse nicht, ob das gut sei. »Da machen Sie sich nur keine Sorgen«, sagte der Verleger.

Groethusen saß am Fenster in einem Ohrensessel, der ihn hoch überragte, und las die Zeitung. Freundlich begrüßte er den Besucher und bat ihn, Platz zu nehmen. Der Verleger erschrak. Er hatte Groethusen bisher nur aus der Entfernung gesehen, und nun saß dieser nicht weiter reduzierbare Rest von Mensch unmittelbar vor ihm. Jemand hatte ordentlich den Kragen seines weißen Hemdes abgetrennt und die obersten Knöpfe versetzt, so daß es einigermaßen eng an seinem dünnen und faltigen Hals anlag. Die Ärmel des Jacketts hingen wie die einer Kutte über seine knöchrigen Hände.

Groethusens haarloser Schädel war übersät mit bräunlichen Flecken, seine blassen Wangen waren von der Rasur an einigen Stellen verletzt.

Groethusen setzte eine Brille mit Goldrand auf und sah sein Gegenüber forschend an. »Na?« sagte er freundlich.

Der Verleger suchte nach dem richtigen Wort. Er fürchtete plötzlich, sich die Sache zu leicht vorgestellt zu haben.

»Wir wollen …« begann er.

»Ja?« sagte Groethusen.

»Wir wollen gerne ein Buch mit Ihnen machen. Mit Ihren Erfahrungen, Ihren Erinnerungen und solchen Sachen. Und mit vielen Bildern.«

»Donnerwetter«, sagte Groethusen. »Ein ganzes Buch?«

»Ich sehe, wir verstehen uns«, sagte der Verleger.

»Sprechen Sie lauter«, sagte Groethusen und deutete auf ein kleines Gerät in seinem Ohr, »ich höre nicht mehr so gut.«

»Ich sehe, wir verstehen uns«, schrie der Verleger.

Groethusen nickte. Aber ob er das denn könne, die Augen seien nicht so gut und die Hände zitterten so sehr.

»Das ist kein Problem«, sagte der Verleger laut. »Wir schicken Ihnen einen jungen Mann …«

»Wie alt ist der?« fragte Groethusen schnell dazwischen.

Der Verleger stutzte. »So um die Dreißig«, sagte er.

»Das ist jung«, sagte Groethusen. Er schien sehr befriedigt.

»Also darf er kommen?« Der Verleger wollte noch nicht glauben, daß alles so glattging.

»Immer«, sagte Groethusen. Er sank tief zurück in den Sessel und schloß die Augen. Dem Verleger schien es, als schliefe er, nein, als sei er tot. Er wollte leise das Zimmer verlassen.

Der Greis öffnete die Augen. »Machen wir einen Vertrag«, sagte er, »einen richtigen Vertrag?«

»Natürlich. Der kommt schon vorher«, sagte der Verleger, »mit der Post.«

»Dann ist es gut.« Groethusen schlief jetzt wirklich, und der Verleger machte sich auf den Heimweg.

Ein paar Tage später stand Hoffmann, der Lektor, frühmorgens vor Groethusens Tür. Die Schwester hatte schon zweimal geklopft und zu ihrem Erstaunen keine Antwort erhalten. Sie sah Hoffmann an und zuckte die Schultern. Das wäre jetzt ein Ding, dachte der Lektor. Die Schwester öffnete die Tür, das Zimmer war leer. Sie ging eilig in das kleine Badezimmer, Hoffmann hinterher, es war leer. »Das gibts doch nicht«, sagte die Schwester. Sie probierten die Balkontüre, sie war verriegelt.

In diesem Moment trat Groethusen durch die Zimmertür. Er hob eine Hand zur Begrüßung und ließ sich mit einem leisen Pfiff in den Ohrensessel sinken. »Ich wollte Ihnen entgegengehen«, sagte er, »und dann bin ich bei der alten Frau Holz hängengeblieben.« Er machte eine Atempause. »Gar nicht gut dabei«, sagte er traurig.

»Sie machen vielleicht Sachen«, rügte ihn die Schwester. Sie war sichtlich erleichtert. »Ich lasse Sie beide allein.«

Hoffmann stand unschlüssig mitten im Zimmer. »Setzen Sie sich«, sagte Groethusen und wies auf einen Platz vor dem Couchtisch. »Da haben Sie Platz zum Schreiben.« Er hob einen Finger und blinzelte. »Obwohl, Sie müssen nämlich gar nicht schreiben.«

Erstaunt nahm Hoffmann Platz. Übrigens habe er sich noch gar nicht vorgestellt, er heiße Hoffmann und sei ...

Groethusen winkte lächelnd ab. »Ja ja«, sagte er, »so um die Dreißig, nicht wahr? Hat man mir alles schon gesagt.«

»Gut«, sagte Hoffmann, dann wolle er einmal so ungefähr sagen, wie er sich die Arbeit vorgestellt habe.

Groethusen winkte wieder ab. »Nein nein!« rief er. »Ich habe es ausgerechnet, junger Mann. Schauen Sie her.« Er langte hinter sich in den Ohrensessel und zog ein dickes Album heraus, das er Hoffmann reichte. »Früher haben die Schwestern alle Zeitungsartikel über mich gesammelt. Jetzt mache ich es selbst.« Triumphierend hielt er eine Schere und eine Tube Alleskleber hoch.

Hoffmann blätterte in dem Album. »Das ist ja großartig«, sagte er.

»Nicht wahr?« sagte Groethusen. »Unsere Arbeit ist so gut wie fertig. Sie nehmen das Ding da«, er wies auf das Album, »setzen sich in Ruhe hin und machen ein Buch draus.«

»Das könnte man vielleicht so machen«, sagte Hoffmann. »Aber ich weiß nicht...«

Groethusen fiel ihm ins Wort. »Und wir zwei«, sagte er rasch und eindringlich, »wir machen uns dann eine schöne Zeit.«

Hoffmann schaute verwirrt auf.

Groethusen griff nach seinem Arm. Seine dürre, fleckige Hand fuhr weit aus dem Jackettärmel heraus. »Die viele Zeit, die wir so sparen«, sagte er, »damit machen wir was Besseres. Sie haben doch ein Auto?«

Hoffmann nickte. »Na also«, Groethusen erhob sich mühsam aus dem Ohrensessel, winkte aber ab, als Hoffmann ihm zu Hilfe kommen wollte. »Als erstes machen wir eine Spazierfahrt. Ich brauche nur meinen Hut. Da liegt er.« Hoffmann reichte das Gewünschte, und sie verließen das Zimmer. Auf dem Flur begegneten sie der Schwester. »Wohin gehts denn?« fragte sie besorgt.

»Ein bißchen an die frische Luft, so auf- und abgehen«, sagte Groethusen. Hoffmann wurde rot. Unbemerkt kamen sie aus dem Altersheim. Um in Hoffmanns Auto zu steigen, duckte sich Groethusen, dann ließ er sich starr in den Beifahrersitz fallen, schließlich zog er die Beine nach. Hoffmann half ihm, sich anzuschnallen. »Und wohin also?« fragte er.

»Einfach so durch die Gegend«, sagte Groethusen fröhlich. »So durch die Stadt. Ab und zu müssen Sie mir sagen, wo wir sind, ich sehe ein bißchen schlecht. Wenn wir anhalten sollen, sage ich Bescheid.«

»Aber ich kenne mich hier gar nicht aus«, sagte Hoffmann.

»Das macht nichts.«

Hoffmann startete und folgte den Hinweisschildern in Richtung Innenstadt. Am Bahnhof sagte er »Bahnhof«.

»Uninteressant«, sagte Groethusen, »fahren wir weiter.« Vor der Oper stoppte Hoffmann auf Groethusens Anweisung und rollte in eine Parkbucht, von der aus man das alte Gebäude sehen konnte. Groethusen beugte sich vor und kniff die Augen zusammen. »Die hat vierundvierzig gebrannt«, sagte er. »Die Holzdecken zuerst. Dann kam die Feuerwehr und löschte, und das nasse Holz brannte weiter. Das hörte sich an, als ob Menschen schrien. Ich stand ungefähr hier. Als die Fenster explodierten, flogen uns die Splitter um die Ohren.«

»Waren Sie vorher oft in der Oper?« sagte Hoffmann.

Groethusen schüttelte den Kopf. »Nein«, sagte er. »Ging man nicht hin als einfacher Mann. Weiterfahren!«

Am Domplatz hielten sie wieder an. »Zweiundzwanzig ist der Turm abgetragen worden, weil die Ziegel runterfielen«, sagte Groethusen. »Und dann haben sie den neuen Turm gebaut. Viel höher und spitzer. Wir haben Zulieferung gemacht. Und im letzten Kriegswinter ist er dann abgeschossen worden. Peng! Dreiundfünfzig haben sie ihn wiederaufgebaut, und wir haben wieder Zulieferung gemacht. Die alte Spitze steht hier irgendwo, oder?«

»Dort drüben«, sagte Hoffmann. Die schwarze, steinerne Turmkrone stand kaum dreißig Meter entfernt auf einem Sockel. »Kann ich nicht erkennen«, sagte Groethusen. »Weiter!«

Sie fuhren jetzt durch die Innenstadt und dann ein Stück am Flußufer entlang. Groethusens dünne Hand griff nach Hoffmanns Schulter. »Zu den Anlegestellen«, sagte er. Hoffmann wendete und hielt in der Nähe der Landungsbrücken. Gerade stiegen Passagiere auf eines der weiße Schiffe. »Wollen Sie aussteigen?« sagte Hoffmann, als er sah, wie Groethusen nach dem Schloß der Beifahrertür suchte. Der nickte nur. Hoffmann stieg aus und öffnete von außen die Tür. Auf seinen Arm gestützt, ging Groethusen mit eiligen Schritten zu dem Landungssteg. »Hier«, sagte er und wies mit der Hand zu Boden, »hier habe ich gestanden.« Weinte er? Hoffmann wußte nicht recht, was er sagen sollte. »Wann war das?« fragte er vorsichtig.

»Bei der Evakuierung. Hinten brannte schon alles.« Groethusen sah sich um. »Die Stadt, wo ist das jetzt, ich kann nichts erkennen?« Hoffmann wies ihm die Richtung. »Ja«, sagte Groethusen, »da brannte also alles. Und da ist der Fluß mit den Schiffen, nicht wahr?« Er wies in die andere Richtung. »Stimmt«, sagte Hoffmann. »Ja ja«, Groethusen schien sich zu entspannen. »Da sind sie dann abgefahren, nur Frauen und Kinder, den Fluß hinauf, jeder nur einen kleinen Koffer. Erika, habe ich gesagt, das war meine Zweite, paß auf die Mutter auf, die ist nicht mehr die Jüngste.« Groethusen verstummte. Er schien nachzudenken. »Zum Friedhof«, sagte er.

Eine halbe Stunde später standen sie auf dem Parkplatz vor dem Zentralfriedhof. Zu den Gräbern wolle er nicht, hatte Groethusen gesagt, das sei viel zu weit, alle lägen verstreut, seit kein Platz mehr im Familiengrab sei. »Nur ich«, sagte Groethusen sehr laut und schlug sich mit der Hand auf die Brust, »für mich haben sie Platz gelassen.« Er wandte sich Hoffmann zu und grinste. Dabei zeigte er ein künstliches Gebiß. »Aber ich sterbe ja nicht.«

Hoffmann glaubte einen Moment, es liefe ihm kalt über den Rücken. »Wollen wir wieder zum Altersheim?« sagte er. Groethusen nickte. Sie fuhren zurück und schlichen sich in Groethusens Zimmer. »Morgen selbe Zeit«, sagte der Greis matt.

Hoffmann hatte ein kleines Hotelzimmer in der Stadt genommen. Darin saß er lange und spielte mit dem Gedanken, seinen Verleger anzurufen. Was hatte der sich nur dabei gedacht? Eigentlich müßte man alles noch einmal durchsprechen. Hoffmann ging hinunter in die kleine, altmodische Hotelbar, aber zum Trinken war es zu früh. Er gab seinen Schlüssel ab und ging zu Fuß durch die Stadt. Vor einem Kino blieb er stehen. Männer montierten gerade die Leuchttafeln ab, aus dem Inneren wurden Sessel getragen und in einen großen Container geworfen. In dem lagen schon ein paar große, rote Buchstaben. Hoffmann ging weiter.

In einem Schnellrestaurant aß er zu Abend. Einige Tische weiter wurde ein Kindergeburtstag gefeiert. Einer der Angestellten des Restaurants trug zu seiner Uniform eine Pappnase und eine rote Perücke. Unaufhörlich brüllten die Kinder ihm neue Bestellungen zu, die er mit übertriebenen Gesten entgegennahm. Endlich spielten die Kinder auf sein Drängen ein Spiel: wer am schnellsten einen Luftballon aufbläst, bis er platzt.

Hoffmann fragte sich, ob er so alt werden wollte wie Groethusen. Zum Glück spielte das keine Rolle. Dann ging er in eine Buchhandlung und sah nach, ob die Bücher seines Verlages in den Regalen standen. Wenn bald das Buch über Groethusen erschien, würde er um einiges reicher sein. Und vielleicht würde man ihn in Zukunft mit ähnlichen Projekten betrauen. Dann war Ladenschluß, und Hoffmann mußte wieder auf die Straße. Plötzlich fiel ihm ein, daß er das Album des alten Mannes im Wagen liegengelassen hatte. Er rannte zurück zum Hotel, fand das Auto nicht gleich, lief in ein paar Seitenstraßen und sah es dann plötzlich vor sich am Straßenrand stehen. Das Album lag auf dem Rücksitz. »Ich bin nervös«, dachte Hoffmann. Er nahm das Album aus dem Wagen und trug es auf sein Zimmer.

Gegen Mitternacht lag Hoffmann angezogen auf seinem Bett, er hatte das Album durchgelesen. Es läßt sich nichts daraus machen, hatte er entschieden. Er setzte sich an einen kleinen Schreibtisch und wollte beginnen, eine Expertise des Albums für den Verleger zu schreiben, doch er zerriß das Blatt mit dem angefangenen Satz und legte sich wieder aufs Bett. Bald einhundertfünfundzwanzig Jahre, dachte er. Was für ein Alter. Dann zog er sich aus. Obwohl ihm hier alles fremd war, fiel er rasch in Schlaf.

Am anderen Morgen fuhr Hoffmann gleich nach dem Frühstück zum Altersheim. Auf dem Gang begegnete er wieder der Schwester. »Herr Groethusen wartet schon sehnlichst auf Sie«, rief sie ihm entgegen, und wirklich stand der Greis fertig angezogen in seinem Zimmer, mit einer Hand auf den Tisch gestützt.

»Morgen!« sagte er laut. »Auf zum Spaziergang!« Er legte einen Finger auf den Mund und wies mit der anderen Hand in die Richtung des Ganges. »Sie hat nichts gemerkt«, flüsterte er. »Ich habe ihr lauter Lügen erzählt. Und heute machen wir es noch geschickter. Ich habe gesagt, wir gehen im Stadtpark spazieren. Da kann sie uns sogar ins Auto steigen sehen.« Tatsächlich begleitete die Schwester sie zum Wagen. Als sie abfuhren, blieb sie noch stehen und winkte. »Hehe«, machte Groethusen und winkte zurück.

»Und wohin fahren wir heute?« fragte Hoffmann.

»Ans Meer«, sagte Groethusen.

»Wie bitte?«

»Ans Meer«, wiederholte Groethusen. Er sah starr geradeaus.

»Bis zur nächsten Küste sind es mindestens dreihundert Kilometer«, sagte Hoffmann.

»Also höchstens drei Stunden Fahrt. Drei Stunden zurück sind sechs. Sind wir frühnachmittags wieder hier.« Groethusen sah aus dem Seitenfenster.

»Übrigens kann ich mit dem Album gar nicht so viel anfangen«, sagte Hoffmann. »Verstehen Sie, ich kann kein Buch daraus machen. Es ist, wie soll ich sagen, es ist einfach immer dasselbe. Wir müssen uns noch sehr intensiv miteinander unterhalten.«

»Sechs Stunden Fahrt«, sagte Groethusen. »Da können wir uns viel unterhalten.«

»Aber ich weiß wirklich nicht, ob ich das verantworten kann. Stellen Sie sich vor, Ihnen wird übel von der langen Fahrerei.«

»Ich habe keine Angst vor dem Tod«, sagte Groethusen und wies mit der Hand irgendwohin. »Da lang geht es aus der Stadt.«

Hoffmann startete und suchte eine Autobahn Richtung Norden. »Vielleicht könnten wir an einen See fahren«, sagte er. »In der Nähe sind doch die Talsperren.«

»Ans Meer«, sagte Groethusen.

Hoffmann wußte nicht, was er tun sollte. »Waren Sie früher viel am Meer?« sagte er nach einer Weile. Groethusen gab keine Antwort.

Sie waren keine halbe Stunde auf der Autobahn gefahren, da bemerkte Hoffmann, daß der Alte eingeschlafen war. An der nächsten Abfahrt verließ er die Autobahn und fuhr in Gegenrichtung gleich wieder auf. Als ein Wagen sie mit lautem

Hupen überholte, wachte Groethusen auf. »Wie weit noch zum Meer?« fragte er.

Hoffmann wies auf die Uhr am Armaturenbrett. »Wir sind schon über zwei Stunden unterwegs«, log er, »also kann es nicht mehr weit sein.«

»Ich bin ein bißchen eingenickt«, sagte Groethusen. »Wir wollten doch noch reden, wissen Sie, wegen des Albums, weil es so nicht geht. Was wollen Sie wissen? Etwas aus der Zeit vor dem ersten Krieg vielleicht? Oder vom Krieg selbst?«

»Ach nein«, sagte Hoffmann, »ich weiß nicht. Gestern habe ich gesehen, wie ein Kino abgebrochen wurde. Sie trugen die Sitze heraus und die Leuchtbuchstaben.«

»Ja Kino«, sagte Groethusen. »Ich war früher nie im Kino. Obwohl alle dahinliefen, alle waren verrückt nach Kino.« Er sah aus dem Fenster. »Wann kommt nun endlich das Meer?«

Sie näherten sich wieder ihrem Ausgangsort. Groethusen sah angestrengt hinaus, schien aber nichts zu erkennen. »Wir sind gleich da«, sagte Hoffmann. Er verließ die Autobahn und fuhr in die Stadt. Als er ein Hinweisschild ›Zentralpark‹ sah, folgte er ihm und hielt kurz danach auf einem großen Parkplatz. »Kommen Sie«, sagte er, »hier ist es.« Er half Groethusen beim Aussteigen, und den alten Mann im Arm betrat er den Park.

»Wir sind ganz nahe dran?« sagte Groethusen.

»Ja, man kann es schon riechen. Hören Sie die Wellen?«

»Ja«, sagte Groethusen.

Sie gingen durch eine englische Anlage und überquerten einen großen Rasen, auf dem Kinder spielten und schrien.

»Schön«, sagte Groethusen.

Am Ende des Rasens war ein großer befestigter Teich, auf dem Dutzende von kleinen Modellschiffen schwammen, einige wurden vom Ufer aus ferngesteuert. »Wir sind da«, sagte

Hoffmann und dirigierte Groethusen auf eine Bank, die unmittelbar am Teichrand stand.

»Schön«, sagte Groethusen und schaute angestrengt in das blaue Wasser. »Es ist besonders gutes Wetter, nicht wahr?«

»Kaiserwetter«, sagte Hoffmann.

»Kaiserwetter, Kirmeswetter, Führerwetter.« Groethusen lachte, zog ein Taschentuch hervor und fuhr sich damit über die Stirn. »Sehen Sie da hinten den Dreimaster?«

Tatsächlich hatte eben jemand ein stattliches Segelschiffsmodell zu Wasser gebracht. Einige der Umstehenden klatschten, als es Fahrt aufnahm.

»Ich sehe es«, sagte Hoffmann.

»Das ist die ›Kronprinzessin Luise‹, die wurde neunzehnhundertzehn in Dienst gestellt und fährt noch immer. Die Schiffstaufe nahm damals ein Mitglied der kaiserlichen Familie vor.«

»Waren Sie dabei?« fragte Hoffmann.

»Nein«, sagte Groethusen und schüttelte den Kopf, »war ja nie am Meer. Ich glaube, es stand in der Zeitung.« Dann schwieg er. Als Hoffmann ihn noch etwas über Segelschiffe fragte, gab er keine Antwort. Schließlich machte er ein Zeichen, daß er aufbrechen wollte. Er schien sehr schwach zu sein. Hoffmann nahm ihn am Arm und führte ihn langsam zum Wagen. Auf dem Beifahrersitz schlief Groethusen sofort ein und mußte vor dem Altersheim geweckt werden. Zusammen mit der Schwester brachte Hoffmann ihn auf sein Zimmer. »Jetzt hat er sich überanstrengt«, sagte die Schwester vorwurfsvoll.

Hoffmann fuhr ins Hotel und packte seine Sachen zusammen. Noch am selben Tag saß er dem Verleger gegenüber. »Sie sind schon wieder da?« fragte der. Hoffmann zuckte die Schultern. Er habe das ganze Material, das müsse nur noch ein wenig verbunden werden. Dabei schob er das Album über den Tisch. Der Verleger blätterte darin. Das komme ihm eher dürftig vor, wandte er ein.

»Das sind nur die Daten«, sagte Hoffmann und hob beide Hände. Dazu kämen all die Geschichten, die der Alte ihm erzählt habe, wie er zum Beispiel einmal einem Mitglied der kaiserlichen Familie bei einer Schiffstaufe...

Der Verleger unterbrach ihn. »Nein nein«, sagte er, »erzählen Sie nichts, schreiben Sie alles auf. Ich bin sehr gespannt. Sie haben verstanden, worum es geht. Ich bin froh, daß wir Sie ausgesucht haben.« Er reichte Hoffmann zum Abschied die Hand. Er bekomme zwei Wochen frei, damit er zu Hause arbeiten könne.

Hoffmann verließ das Verlagsgebäude mit dem Album unter dem Arm. Noch am Abend erhielt er die Nachricht, daß Groethusen einen Schlaganfall erlitten habe. Für ein paar Tage sah es aus, als sollte Groethusen sterben, doch als pünktlich zu seinem hundertfünfundzwanzigsten Geburtstag das Buch erschien, war er wiederhergestellt. Nur seine Sehkraft war fast erloschen. Im Altersheim wurde ein Presseempfang organisiert, bei dem der Verleger das Buch präsentierte. Vor laufenden Kameras las er die Episode, in der Groethusen bei einer Schiffstaufe einem Mitglied der kaiserlichen Familie einen fortgewehten Handschuh reicht und dafür mit einem Händedruck belohnt wird. Groethusen saß in einem Rollstuhl und hörte aufmerksam zu, mitunter nickte er. Schließlich legte der Verleger das Buch in Groethusens Hände.

Nachdem die Journalisten gegangen waren und man Groethusen wieder in sein Zimmer geschoben hatte, verlangte der, Hoffmann solle zu ihm kommen. Als der Lektor neben ihm stand, tastete der Alte nach seiner Hand und zog ihn zu sich hinunter.

»Wir machen Ausflüge«, flüsterte er. »Wir machen uns eine schöne Zeit.«

Hoffmann richtete sich auf. Das blinde Gesicht des Alten lachte. Hoffmann sah das künstliche Gebiß.

Entlaßtag

Zwei Tage vor Ablauf der Wehrdienstzeit wurde B. von seiner Einheit entlassen. Auf einem Laufzettel waren die verschiedenen Stationen notiert, der Wagen mußte übergeben, Ausgeliehenes zurückgebracht werden. Zuletzt fuhr man B. mit anderen zur Auskleidung hinunter in die Stadt, da trug er schon Zivil. Die Auskleidung dauerte zwei Stunden, weil die Soldaten vom Funker-Bataillon sich verspätet hatten und B.s Gruppe nicht vorgezogen werden konnte. Es gab einen kleinen Aufstand. »Ihr seid noch nicht entlassen«, sagte der Unteroffizier, der sie begleitete. Und sie sollten sich nicht so anstellen.

Wieder in der Kaserne, wurden sie vor das Stabsgebäude gerufen, und der Bataillonschef sagte ein paar Worte. Dann ging B. in seine Stube, packte die restlichen Sachen zusammen und verließ das Kompaniegebände. Längst hatte er sich von allen verabschiedet, von seinen Vorgesetzten und den Soldaten, die in seiner Stube und der Stube nebenan lagen. Er ging vorbei am Denkmal für den Panzeroberst, der einen Führerbefehl verweigert hatte. Es stand in einer kleinen Rasenanlage zwischen dem Kompaniegebäude und dem Kasino. Rechts vom Kasino und jenseits der Fahrstraße lag der Exerzierplatz, wo die Wagen der Soldaten standen. Sechsundvierzigmal war B. in den fünfzehn Monaten diesen Weg gegangen, freitags nachmittags mit der schmutzigen Wäsche in der Reisetasche. Siebenmal hatte er Wache gehabt, sechsmal war er im Manöver gewesen, zweimal krank. Immer war er sehr langsam gegangen, das ganze Wochenende hatte vor ihm gelegen und die Hoffnung auf alles, was es draußen nur geben konnte. Schon im Auto fingen die Enttäuschungen an. Jedes Wochenende war eine Enttäuschung. Nichts hielt, was es versprach. Sonntags abends fuhr B. in die Kaserne zurück, packte die saubere Wäsche aus und legte sich ins Bett. Nach und nach kamen die anderen Soldaten, räumten ihre Wäsche in die Spinde und sprachen vom Wochenende. Um eins lagen alle in den Betten, und das Licht wurde gelöscht. Nach fünfzehn Monaten war es vorbei.

B. hatte sich vorgenommen, dies letzte Mal besonders langsam zu gehen. Jetzt liegt das ganze Leben vor mir, dachte er. Es kann nicht beginnen, bevor ich das Auto erreicht habe. Er blieb stehen und prägte sich alles ein. Der Sommer war sehr heiß gewesen. Aus dem Kasinogebäude kam das Klappern von Tellern. Ein Soldat trat aus der Telephonzelle. Jenseits des Exerzierplatzes lagen die Hallen, sie waren vorige Woche neu gestrichen worden, grün, zur Tarnung natürlich. Da stand der VW-Bus, den B. am Morgen seinem Nachfolger übergeben hatte.

Ich lasse nichts zurück, dachte B. Mein Bett nicht, das Kasinogebäude nicht und nicht die Telephonzelle und den VW-Bus. Ich gehe einfach langsam fort. Plötzlich rief ihn eine Stimme bei Namen und Dienstgrad.

»Hauptfeld?!« schrie B. gewohnheitsmäßig und drehte sich um.

Es war der Kompaniefeldwebel, in dessen Vorzimmer B. zwölf Monate lang Dienst getan hatte. Der große, schwere Mann stand am Fenster seines Büros im ersten Stock des

Kompaniegebäudes und winkte B. zu sich. Der seufzte und ging zurück in das Gebäude. Die Treppenaufgänge hatten bis zur Schulterhöhe einen grauen Bewurf aus winzigen Steinen. Darüber waren sie grün gestrichen. Auf dem Treppenabsatz im ersten Stock war die Tür zum Wachzimmer des UvD mit dem kleinen verschließbaren Fenster.

»Wat is?« sagte der UvD, als B. an ihm vorbeiging, und lehnte sich aus dem Fenster. »Hasse so Sehnsucht nach dem Chef?«

B. tippte sich an die Stirn.

»Äh, bisken Respekt hier, oder wat!«

»Null nach Dienst«, sagte B. und öffnete die Flügeltür zum Gang.

»Nix Null«, rief ihm der UvD nach. »Noch bisse nich entlassen. Kann noch alles befohlen werden!«

B. trat in den Gang. Rechts lagen die Büros des Rechnungsführers und des Versorgungsfeldwebels, Plantrupp und Schirrmeisterei. Links waren die Räume des Kompaniechefs, des Kompaniefeldwebels und die Schreibstube. Eingang war immer durch die Schreibstube, die anderen Türen blieben verschlossen. Innen gab es Verbindungstüren.

B. öffnete jetzt die Tür zur Schreibstube, auf der ›Eintreten ohne anklopfen‹ stand. Ganz zu Beginn seiner Zeit hatte B. vorgeschlagen, ein ›zu‹ in das ›anklopfen‹ zu schreiben.

»Warum?« hatte der Kompaniefeldwebel gesagt. »Muß das sein?«

»Nicht unbedingt«, hatte B. gesagt, natürlich seien beide Fassungen möglich, aber wenn es ›Eintreten ohne anklopfen‹ heißen solle, müsse ›anklopfen‹ groß geschrieben werden. Er hatte es ausführlich erklärt.

»Sehr gut«, hatte der Kompaniefeldwebel gesagt und B. den Befehl gegeben, nach Dienstschluß ein neues Schild in Schablonenschrift anzufertigen.

»Reine Schikane«, sagte später Hackländer, der Unteroffizier der Schreibstube. »Der will dich nur untermachen.« Für B. war es ein Sieg. Er hatte das sogar begründet. Seitdem nannte ihn Hackländer den ›Sieger‹. »Kuck mal«, rief er tagelang jeden Morgen. »Da kommt unser Sieger.« Dann war das Schild verschwunden, und das alte wurde wieder aufgehängt.

Jetzt saß Hackländer an der Schreibmaschine. »Der Alte hat dich gerufen«, sagte er leise und schüttelte den Kopf. »Der spinnt, der Alte. Würd ich gar nich hingehn, wenn ich du wär. Bis doch entlassen, Mann, kann dir doch keiner mehr wat!«

»Dienstende ist erst in zwei Tagen«, sagte B. »Weißt du ja selbst.«

»Total bescheuert.« Hackländer zog ein Blatt aus der Maschine, zerriß es und spannte ein neues ein. B. sah ihm über die Schulter. Hackländer hatte oft ölverschmierte Hände gehabt, weil er abends an seinem Auto arbeitete. Dann verbot ihm der Kompaniefeldwebel, Einträge in die Personalakten zu machen.

»Laß gut sein, Hacki«, sagte B. zu dem Unteroffizier. »Und noch mal Tschüß.«

»Du hasses gut. Du wirs entlassen, und stell dir vor, ich muß auf Wache, ich und aufm Freitag.«

B. zuckte die Schultern und klopfte an die Tür zum Nebenraum.

»Ja«, rief es. B. trat ein und stellte die Tasche ab. Fast hätte er gegrüßt, aber Grüßen in Privatkleidung war untersagt. »Setzen Sie sich«, sagte der Kompaniefeldwebel. Hinter seinem Rücken an der Wand hingen handgroße polierte Holzscheiben mit metallenen Reliefs von Panzern und Geschützen. Darunter waren die Nummern von Kompanien, Bataillonen und Regimentern eingeritzt. B. schloß die Augen. Überall in der Armee hatte es so ausgesehen, wie er es sich vorgestellt hatte. Die Panzer hatten wie Panzer ausgesehen, die Offiziere wie Offiziere.

Der Kompaniefeldwebel war ein kräftiger Mann mit deutlichen Gesichtszügen und vollem, blondem Haar. Er war achtunddreißig Jahre alt und der älteste Soldat der Kompanie. B. kannte die Personalakte. Er wußte, daß der Kompaniefeldwebel Dreher gewesen war, woher er stammte und wann er in die Armee eingetreten war.

»Was wird jetzt aus Ihnen?« sagte der Kompaniefeldwebel, als B. sich gesetzt hatte. B. wußte vor Erstaunen nicht, was er sagen sollte. Er zuckte die Schultern. »Studieren«, sagte er.

»Na ja«, sagte der Kompaniefeldwebel. »Studieren. Schön. Haben Sie den Bulli richtig übergeben?«

»Jawohl«, sagte B. »Sie waren doch selbst dabei.«

»Ja ja.« Der Kompaniefeldwebel stand auf und trat ans offene Fenster. Er beugte sich hinaus und wies auf das Denkmal des Panzeroberst. »Wie finden Sie das«, sagte er, »die aus dem Stab stellen jetzt immer frische Blumen vor den Stein.«

B. blieb auf seinem Platz. »Nein, Hauptfeld«, sagte er, »nur am zwanzigsten Juli und am neunzehnten September, am Todestag. Die Blumen sind von letzter Woche.«

»Tatsächlich«, sagte der Kompaniefeldwebel. »Haben Sie noch ein bißchen Zeit? Ich wollte Ihnen etwas zeigen, bevor Sie gehen.« Er schloß das Fenster. »Kommen Sie«, sagte er, und als B. seine Tasche nehmen wollte, fiel er ihm in den Arm. »Lassen Sie! Wir kommen ja wieder zurück.« Dann verließen sie das Büro durch die Tür zum Flur.

B. folgte dem Kompaniefeldwebel durch den Gang und die Treppen hinunter. Sie bogen vor dem Kompaniegebäude in die Fahrstraße ein, überquerten den Exerzierplatz und kamen an dem Ofen vorbei, in dem B. abends immer den Inhalt der Papierkörbe verbrannt hatte. »Wohin gehen wir?« sagte B., als sie schon im Bereich der LKW-Hallen waren.

Der Kompaniefeldwebel blieb stehen und sah ihn an. »Sie haben eigentlich nicht viel von der Armee gesehen«, sagte er. »Immer auf der Schreibstube gehockt, nicht an die frische Luft gekommen, kein Umgang mit dem technischen Gerät.«

»Und keine Kampferfahrung«, sagte B. »Die ganze Truppe hat keine Kampferfahrung. Wissen Sie«, er hob einen Zeigefinger, »demnächst lösen sie die Armee auf, und sie hat nicht einen Schuß getan.«

»So reden Sie nur, weil Sie entlassen werden«, sagte der Kompaniefeldwebel ärgerlich.

»Nein«, sagte B. »Bewaffneter Friede. Denken Sie an den Igel, der in der Kantine hängt. Irgendwann werden wir alle in Ehren entlassen. Das wird die schönste Armee der Welt. Die einzige, die nie besiegt wurde. Wir werden alle stolz darauf sein, gedient zu haben.« Er machte eine Pause. »Sie dürfen natürlich stolzer sein als ich. Sie waren länger dabei.«

Der Kompaniefeldwebel schüttelte den Kopf. »Kommen Sie«, sagte er und ging weiter. Sie kamen zu den Hallen für das schwere Gerät. Ein paar Soldaten in ölverschmierten Overalls begegneten ihnen, sie gehörten alle zu einer anderen Kompanie. Ein Unteroffizier grüßte und wollte eine Meldung machen, der Kompaniefeldwebel winkte ab. Schließlich bog er in den Weg ein, an dem die Panzerhallen standen.

»Gestern sind die neuen Marder gekommen«, sagte er. »Verbesserte Zieleinrichtung und neues Getriebe. Hätten Sie nicht Lust gehabt, sich damit zu beschäftigen?«

B. schlug sich mit der Hand an die Stirn. »Ist das ein Anwerbegespräch?« sagte er lachend. »Am Tag meiner Entlassung?«

»Werden Sie nicht frech! Sie und Offizier? Da lachen ja die Hühner!«

»Ich bin nichtanerkannter Wehrdienstverweigerer«, sagte B. »Das wissen Sie doch.«

»Schon gut. Kommen Sie!«

Sie erreichten jetzt das Ende des Kasernenbereiches. Auf einem Schrottplatz standen alte Panzer, mit denen das Abschleppen geübt wurde. Sie gingen zwischen den Wracks hindurch und kamen über den Rundweg der Wache zum Kasernenzaun. Der Kompaniefeldwebel zog einen Schlüssel aus der Tasche und schloß eine Metalltür auf, die in den Zaun gebaut war. Hinter ihr führte ein schmaler Weg erst ein Stück durch den Wald, dann lag offenes Feld vor ihnen. »Wohin geht es hier?« sagte B.

»Zu mir nach Hause«, sagte der Kompaniefeldwebel und wies über die Felder. »Das ist eine Abkürzung. Hinten ist die Siedlung.« In weniger als dreihundert Metern Entfernung begannen die grauen Häuserreihen, in denen die Unteroffiziere und ihre Familien wohnten. Mit dem Wagen war B. oft dortgewesen, um den Kompaniefeldwebel nach Hause zu bringen. »Was tun wir bei Ihnen?« sagte er.

»Nichts«, sagte der Kompaniefeldwebel. »Gehn wir gar nicht hin.«

»Ich dachte schon, Sie wollten mich Ihrer Frau als Schwiegersohn empfehlen«, sagte B. und wünschte gleich, nichts gesagt zu haben. Der Kompaniefeldwebel hatte eine Tochter, die er zu den Bällen der Unteroffiziere nicht mitbrachte. Niemand in der Kompanie hatte sie je gesehen. B. kannte aus den Akten ihren Namen und ihr genaues Alter.

Der Kompaniefeldwebel blieb stehen und sah B. an. »Sie als Schwiegersohn«, sagte er, »da wüßte ich andere.« Er lachte.

B. fiel ein Stein vom Herzen. »Sagen Sie das nicht«, sagte er, »in zehn oder fünfzehn Jahren werde ich ganz schön was darstellen. Eine bürgerliche Existenz, ein studierter Mann.«

»Was wollen Sie eigentlich studieren?«

Das Leben, wollte B. sagen. Mit diesem Scherz war in den letzten Tagen ein Leutnant herumgelaufen, der auch entlassen wurde. »Philosophie vielleicht«, sagte er dann. »Oder Geschichte.«

»Brotlose Kunst«, sagte der Kompaniechef und ging weiter. B. lief hinter ihm her. »Mag sein«, rief er, »aber verbieten Sie Ihrer Tochter nicht den Umgang mit allen Studenten. Das wäre ein Fehler. Viele werden Zahnärzte und Rechtsanwälte.«

Der Kompaniefeldwebel gab keine Antwort. Er verließ jetzt den Feldweg und trat auf ein Stoppelfeld. »Da hinten«, sagte er und wies zu einem Baum und ein paar Büschen, die auf einem kleinen Hügel mitten im Feld standen. »Anders kommt man nicht hin. Es gibt keinen Weg. Komisch, nicht?« Und schon ging er weiter. B. folgte ihm. Es gab spröde, knackende Geräusche, wenn er auf die Stoppeln trat. Nach ein paar Schritten waren seine Schuhe mit gelbem Staub überzogen. Ich bin verrückt, dachte er. Diesen Menschen zwölf Monate als Vorgesetzten zu ertragen, das ist eine Sache, am Tag der Entlassung hinter ihm her querfeldein zu gehen, das ist eine andere. Nachlässig bin ich, dachte B. Ich konzentriere mich nicht auf meine Angelegenheiten. Er schaute auf die Uhr. Am Hildener Kreuz könnte er jetzt sein. Ach was, weiter noch, vielleicht schon hinter Neuss. Er fragte sich, ob er all das am Ende nur mitmachte, um die Abfahrt hinauszuzögern. Bin ich so einer? fragte er sich. Er ließ den Gedanken fallen und sah wieder auf.

Sie waren an dem Baum und den Büschen angekommen. »Das ist eigentlich ein Steinhaufen«, sagte der Kompaniefeldwebel. »Den haben die Bauern beim Pflügen angelegt. Später ist dann was drauf gewachsen.« B. nickte. Das war eine plausible Erklärung. Der Kompaniefeldwebel zog unter einem der Sträucher einen Spaten hervor. Dann ging er zu einer Stelle am Fuße des kleinen Hügels, an der keine Sträucher standen, und kratzte mit dem Spaten die trockene Erde zur Seite, bis graue Steine zum Vorschein kamen. »Fassen Sie an«, sagte er und begann, die Steine wegzuräumen. B. hockte sich neben ihn und half. »Ich werd verrückt«, sagte er. »Sie haben einen Schatz versteckt und wollen ihn mit mir teilen. Oder nein! Sie haben die Regimentskasse gestohlen!«

»Es gibt gar keine Regimentskasse«, sagte der Kompaniefeldwebel.

»Ich weiß«, sagte B. »Es ist ein Wort aus Wildwestfilmen. Da stehlen sie immer die Regimentskasse und vergraben sie irgendwo in der Wüste. Später wollen sie das Geld holen, und dabei knallen sie sich gegenseitig ab.«

»Unsinn«, sagte der Kompaniefeldwebel. Sie waren auf eine Platte gestoßen und legten sie weiter frei. Der Kompaniefeldwebel stand auf, und von der Stelle, an der er den Spaten hervorgeholt hatte, brachte er einen Handfeger.

»Sie waren schon oft hier?« sagte B. Er hatte sich auf die Platte gesetzt. »Aufstehen«, sagte der Kompaniefeldwebel und reichte ihm den Handfeger. »Nehmen Sie«, sagte er. B. fegte die Platte sauber. Sie war aus verrostetem Metall, etwa achtzig Zentimeter breit und etwas höher, an den verbogenen Ecken waren Löcher. In der Mitte, kaum noch zu erkennen, war das Relief eines Adlers, der einen Kranz in seinen Klauen hielt. In dem Kranz war das Hakenkreuz. B. richtete sich auf und sah den Kompaniefeldwebel an. »Was soll das?« sagte er.

»Wissen Sie nicht, wo das herkommt?«

»Woher sollte ich?« sagte B.

»Müßten Sie eigentlich wissen. Ich hatte sogar fest damit gerechnet, daß Sie es wissen. Sie schauen doch alles so genau an, oder?«

B. fühlte sich sehr unwohl. »Ich weiß nicht«, sagte er. »Das ist kein Thema für ein Quiz.«

»Kein Quiz. Denken Sie nach. Es muß Ihnen dann einfallen.«

B. sah noch einmal die Platte an. Und wirklich fiel es ihm ein. Er war fast erschrocken. Über dem Eingang des Kompaniegebäudes hing ein hölzernes Wappen in der Form eines Schildes, auf dem das taktische Zeichen der Einheit gemalt war, ein Eichenlaub und ein Panzer. Und hinter dem Wappen war eine viereckige helle Stelle auf der Mauer mit vier Löchern, in denen rostige Metallstücke saßen. Beim Antreten stand B. ihr genau gegenüber. »Tatsächlich«, sagte er und schüttelte verwundert den Kopf.

»Und Sie haben sich nie Gedanken darüber gemacht?« sagte der Kompaniefeldwebel.

»Nein. Ein Fleck auf der Mauer, warum auch?« B. zuckte die Schultern. »Bei ›Augen geradeaus‹ hab ich ihn immer angesehen. Gut, da hat einmal was anderes gehangen. Aber wenn man immer gleich fragen würde, was.«

»Und das macht man eben nicht.« Der Kompaniefeldwebel fing an, die Steine wieder auf die Platte zu schichten.

»Warten Sie«, sagte B. »Ist das etwa alles?«

»Wieso?«

»Na, haben Sie denn nicht weitergegraben? Wenn dieses Ding hier liegt, dann liegen hier bestimmt noch andere Sachen. Die haben einfach entrümpelt und den ganzen Plunder auf einen Haufen geworfen.«

»Wer, die? Und wann?«

»Wer? Wann? Fünfundvierzig natürlich. Oder nicht? Vielleicht, als die Kaserne wieder belegt wurde. Wann war das, sechsundfünfzig? Oder später?«

Der Kompaniefeldwebel richtete sich wieder auf. »Sie wissen es also nicht«, sagte er.

»Das kann man nicht wissen«, sagte B. Er war plötzlich sehr wütend. »Keiner kann das wissen«, schrie er. »Und statt nach Hause zu fahren und diesen ganzen Scheiß nie mehr zu sehen, grabe ich hier mit Ihnen im Dreck. Einer von uns beiden muß verrückt sein. Und ich bin es nicht. Ich gehe jetzt. Ich gehe nach Hause, ich bin entlassen.« Er lachte laut. »Keine Feindschaft deswegen«, sagte er. »Wir hatten eine schöne Zeit miteinander, aber es ist genug. Einmal muß Schluß sein. Ich bin entlassen. Die fünfzehn Monate sind vorbei. Die Schreibstube ist vorbei, der Schirrmeister ist vorbei, die Kameraden sind vorbei, die Offiziere, die Bataillone, die technischen Bereiche, die Personalakten, die Kfz, die ZDV und die UvD.« Er wandte sich ab und machte ein paar Schritte in das Stoppelfeld hinein. Dann blieb er stehen und drehte sich um. Der Kompaniefeldwebel hatte sich wieder hingekniet und deckte trockene Zweige über die Steine.

B. ging langsam zu ihm zurück. Einen Moment stand er still. »Entschuldigung, Hauptfeld«, sagte er dann. »Es war nicht so gemeint.« Er wies auf die Steine. »Wollen Sie mir sagen, warum Sie mir das gezeigt haben?«

»Kein besonderer Grund«, sagte der Kompaniefeldwebel. »Heute war Ihr letzter Tag. Ich dachte, Sie würden sich dafür interessieren.« Er stand auf, wischte sich die Hände an der Hose ab und reichte B. die Rechte. Dabei sah er auf die Uhr. »Ich gehe von hier aus gleich nach Hause«, sagte er. »Ich mache Dienstschluß. Leben Sie wohl.«

B. nahm die Hand. »Ich werde Ihnen einmal schreiben«, sagte er. Der Kompaniefeldwebel nickte, dann ging er schräg über das Feld auf die Siedlung zu.

B. machte sich auf den Rückweg. Es tat ihm leid, daß er so laut gewesen war. Ich wollte ihn nicht kränken, dachte er. Und dabei habe ich alles verdorben. Doch war es die Zeit für solche Dinge gewesen? B. wollte an etwas anderes denken.

Er durchquerte das kleine Waldstück und kam an den Kasernenzaun. Das Gittertor war verschlossen. B. fluchte. Er überlegte, ob er über den Zaun klettern sollte. Es fielen ihm die Geschichten von den nervösen Wachgängern ein, die auf

Soldaten schossen, wenn die sich nach dem Zapfenstreich in die Kaserne schleichen wollten. Am Zaun entlang zum Haupttor wäre er eine halbe Stunde unterwegs. B. fluchte noch einmal. Er beschloß, die Streife abzuwarten und zu sagen, was mit ihm geschehen war. Vielleicht hatte die Streife einen Schlüssel. Er setzte sich an einen Baumstumpf und versuchte, an zu Hause zu denken und an das, was er dort zuerst tun würde.

Nach zehn Minuten kam die Streife. Es waren zwei Soldaten, die B. noch nie gesehen hatte. Er rief sie erst an, trat dann an den Zaun und erklärte ihnen, daß er zurück in die Kaserne müsse. Ob er über den Zaun steigen dürfe?

»Okay«, sagte der erste Soldat, doch der zweite fuhr ihn sofort an. »Du spinnst wohl, Mann!« rief er, und als der erste etwas erwidern wollte, redete er leise auf ihn ein. Dann nahm er sein Gewehr vom Rücken und trat an den Zaun. »Können Sie sich ausweisen?« sagte er.

B. schüttelte den Kopf. Seine Papiere waren in seiner Tasche, und einen Truppenausweis besaß er nicht mehr. »Ich bin eigentlich schon entlassen«, sagte er.

Der zweite Soldat brachte das Gewehr in Anschlag. »Ich muß Sie festnehmen«, sagte er. »Ich bringe Sie zur Klärung des Sachverhaltes in die Wachstube.«

»Aber wir haben ja gar keinen Schlüssel von der Tür«, sagte der erste Soldat.

»Halt verdammt noch mal die Schnauze!« schrie der zweite, ohne sich umzuwenden. »Hände hoch«, sagte er zu B. und machte eine Bewegung mit seinem Gewehr.

»Mach keinen Scheiß«, sagte B. und hob die Arme.

»Los«, rief der zweite Soldat zum ersten. »Du läufst in die Wachstube und holst den OvWa. Ich bewache den Gefangenen.« Der erste Soldat lief los.

»Du verdammter Rotarsch«, sagte B. zu dem zweiten Soldaten. »Bist wohl auf eine förmliche Anerkennung aus, was? Oder willst ein bißchen Krieg spielen? Wie im Fernsehen, Mammis Held an vorderster Front!«

»Seien Sie bitte ruhig«, sagte der Soldat, »sonst …«

»Sonst was?« unterbrach ihn B. »Sonst machst du von der Schußwaffe Gebrauch? Ich zittere.« Er trat einen halben Schritt auf den Zaun zu. »Ist die überhaupt entsichert, die Knarre?«

»Bleiben Sie bitte stehen!« Der Soldat nahm hastig das Gewehr aus dem Anschlag und fingerte an der Sicherungsvorrichtung.

»Ist schon gut«, sagte B. »Du kennst das doch aus Kriminalfilmen. Wenn Frauen oder kleine Kinder schießen wollen, dann sagt man immer, es sei gar nicht entsichert. Und dann verlieren sie prompt die Nerven.«

»Arschloch«, sagte der Soldat.

»Ein böses Wort«, sagte B. »Stell dir mal vor, ich wäre ein Leutnant aus dem Stab, der mit einem Trick die Wache kontrolliert. Na, was dann? Das wäre peinlich, was? Aber nicht gleich weinen. Bald kommen ja deine Aufpasser.«

Dann standen sie ein paar Minuten schweigend, B. hielt die Arme in die Luft. Schließlich kam der erste Wachsoldat in Begleitung des Unteroffiziers Hackländer.

»Wat machst du denn hier?« sagte Hackländer, als er B. so stehen sah. Der wies nur mit dem Kinn auf den Soldaten, der noch immer das Gewehr im Anschlag hielt.

»Laß dat sein«, sagte Hackländer zu dem Soldaten. »Und macht euch weiter.« Der zweite Soldat wollte etwas sagen, aber Hackländer schnitt ihm das Wort ab. »Alles klar«, sagte er, »gibt nen dicken Orden. Und jetzt verschwindet.« Dann zog er einen Schlüssel hervor und ließ B. hinein. »Wat machst du für Sachen?« sagte er. »Läßt dich an deim letztem Tag abknallen. Wo warste eigentlich?«

»Nicht weit«, sagte B. »Bitte, Hacki, ich will nichts erzählen. Ich blick da nicht durch, und du auch nicht. Ich will nach Hause, verstehst du?«

»Is gut«, sagte Hackländer, »ich muß sowieso wieder auf Wache.« Sie gingen zusammen durch den technischen Bereich in Richtung der Kompaniegebäude. Auf dem Exerzierplatz trennten sie sich. »Also dann endlich Tschö«, sagte Hackländer. B. ging an seinem Wagen vorbei zum Kompaniegebäude, um seine Tasche zu holen. Die Tür zur Schreibstube war bereits abgesperrt. Er mußte den UvD bitten, ihm aufzuschließen. »Hasse noch nen Koffer in der Schreibstube?« sagte der Unteroffizier. »Kommst hier gar nicht von los, wa?«

B. sagte nichts. Er nahm seine Tasche und lief die Treppe hinunter. Vorbei an dem Denkmal und dem Kasinogebäude lief er zu seinem Wagen. Er warf die Tasche in den Kofferraum, stieg ein und startete den Motor. Er kurbelte das Fenster herunter und schaltete das Radio ein. Mein ganzes Leben liegt jetzt vor mir, dachte er. Dann fuhr er mit vorgeschriebener Geschwindigkeit zum Haupttor. Der Wachsoldat winkte ihn durch. B. bog in die Hauptstraße ein und gab Gas.

Frankfurter Verlagsanstalt

Der Grund der Dinge
von Quim Monzó

»Schon fast ein Klassiker der neueren katalanischen Literatur. (...) Es gibt wahrscheinlich nur wenige Gegenwartsautoren, die so lakonisch, auf so kurzem Raum, ein derart virtuoses Vexierspiel mit ihren Figuren vorführen.« *Die Zeit*

»Seine Kurzgeschichten sind gefühlvolle Pirouetten, die Monzó auf dem dünnen Eis der Emotionen dreht. Es sind hinreißend-leichte literarische Kunststücke, die – philosophisch unterfüttert – auf lustvolle Weise verzaubern; Geschichten, die tief hinabführen auf den ›Grund der (Liebes-) Dinge‹.« *Elle*

»Ich empfehle von Quim Monzó *Der Grund der Dinge*. Hinter dem tiefsinnigsten Titel der Saison steckt prickelnde Kurzweil. Tolldreiste Geschichten mit erotischem Witz vom Witz der Erotik.« *Focus*

»An Einfallsreichtum, schlagkräftigem Humor und verblüffender Kunstfertigkeit dürften seine epischen Pointen gegenwärtig kaum zu überbieten sein.«
Frankfurter Rundschau

Quim Monzó. »Der Grund der Dinge«. Roman
Dt. Erstausgabe. Aus dem Katalanischen von Monika Lübcke

Neue Literatur in der Frankfurter Verlagsanstalt